書下ろし

華ふぶき
鳴神《なるかみ》黒衣《くろご》後見録

佐倉ユミ

祥伝社文庫

目次

『華ふぶき　鳴神黒衣後見録』の主な登場人物

畠中狸八《はたなかりはち》……元は大店《おおだな》の跡継ぎだったが、勘当されて路頭に迷い、畑の大根を引き抜きかじっていたところ、通りがかった鳴神座の狂言作者・石川松鶴に拾われる。作者部屋で見習いを務め、黒衣《くろご》になることも。

月島銀之丞《つきしまぎんのじょう》……鳴神座の若手役者。鼻筋の通ったきれいな顔をしているが、肝心の芝居が大根なのでいい役をもらえていない。しかしいつかは看板役者になるのが夢。

池端金魚《いけはたきんぎょ》……小さい頃に石川松鶴に拾われ、それ以来、作者部屋付きの見習い。雑用もテキパキこなす。小柄ですばしっこいため、黒衣としても重宝されている。

石川松鶴《いしかわしょうかく》……鳴神座付きの戯作者。普段は芝居小屋一階の「作者部屋」で台本を書いている。時代物を得意とし、演出を派手にして客を喜ばせようと、ときどき無茶を言う。大口を叩くが気の小さいところもあり、数人いる弟子には、みな縁起のいい名前を付けて験を担いでいる。

松ヶ枝福郎《まつがえふくろう》……松鶴の一番弟子。師匠に代わって台本の執筆もする。気が短い。

最上左馬之助《もがみさまのすけ》……松鶴の二番弟子。狸八に芝居のいろはを教える。お調子者で、ときどき余計なことまで口にしてしまう。

鳴神十郎《なるかみじゅうろう》……四十代半ば。鳴神座座元（幕府から一座を開くことを許可された人物。座元の名前を代々継ぐ）にして、座頭＝看板役者。通常は座元とは別の人だが、人手が足りないため兼任中。

鳴神佐吉《なるかみさきち》……十郎の息子。十郎に比べて細身で二枚目。所作は美しく堂々としていて、人の目を集める力がある。銀之丞が目標にしている人物。

白河梅之助《しらかわうめのすけ》……鳴神座一の敵《かたき》役白河右近《うこん》の息子。瓜実顔《うりざねがお》が美しい女形《おやま》。贔屓《ひいき》が多く、鳴神座の看板役者の一人。普段から女のようにふるまう。

紅谷朱雀《べにやすざく》……渋い脇役を演じる紅谷八郎《はちろう》の子。一座の役者の中で一番若く、銀之丞のことも「兄さん」と立てはするが、芝居に対しては厳しい。

紅谷孔雀《べにやこうじやく》……朱雀の兄で、同じく役者。面長ですっきりとした顔立ち。芝居によって男女双方の役を演じ分ける。

雷三《らいぞう》……小道具方の親方。鳴神座が宮地芝居の頃からの古株で、鳴神十郎の父・喜代蔵《きよぞう》の友人でもある。

一、金魚《きんぎょ》の春

暑さ寒さも彼岸《ひがん》までとは言うが、その春の彼岸が興行《こうぎょう》中に過ぎたものだから、些《いささ》か置いていかれたような心地《ここち》がする。いつの間にやら日が伸びて、気付くと井戸の釣瓶《つるべ》が凍《こお》ることもなくなっていた。空はべたりと平筆で塗ったかのように青い。

鳴神座《なるかみざ》では正月からふた月半かけて演じる曾我物《そがもの》が終わり、ようやく一息ついたところだった。次の稽古《けいこ》が始まるまでは出入りする者も少なく静かなもので、今日は小屋で寝泊まりしている三人で、ゆっくりと昼飯を食っている。三人とはつまり、畠中狸八《はたなかりはち》と、同じ作者部屋の狂言方《きょうげんがた》の池端金魚《いけはたきんぎょ》、そして若手役者の月《つき》島銀之丞《しまぎんのじょう》だ。

鳴神座の脇を走る路地を奥へと進んだ若狭屋《わかさや》の、窓際の席に陣取って、それぞれ蕎麦《そば》や稲荷寿司《いなりずし》を黙々と食う。若狭屋は先代の頃から鳴神座の御用達《ごようたし》で、元は蕎麦屋だったのだが、役者たちの好みに合わせているうちに、煮込み料理でも甘《かん》味《み》でも、何でも作ってくれるようになったという。ちなみに、鳴神座の若い者がこの店で飲み食いした分は、一座がまとめて払ってくれる。ありがたいことだ。

大将と通《かよ》いの料理人の腕は確かで、季節のものを使った料理は毎日通っていても飽きない。この時期の稲荷寿司には細かく刻《きざ》んだ蕗《ふき》の佃煮《つくだに》が混ぜ込まれていて、後を引く苦みが癖《くせ》になる。

「うまいなぁ」

狸八がそう呟《つぶや》いたときだった。

「そういや狸八、弟がいるんだってな」

卓の向かいで蕎麦をすすっていた銀之丞が、思い出したように言った。狸八は危《あや》うく飯を喉《のど》に詰まらせそうになり、胸をどんどんと叩《たた》きながら茶で流し込む。

「悪い悪い」と、銀之丞は謝りながらも訝《いぶか》しげに眉《まゆ》を寄せる。

「そんなに驚くことか？」

「そりゃ、まあ」

狸八は目の端《はし》にこぼれた涙を拭《ぬぐ》い、ちらと銀之丞の隣の席に目をやった。銀之丞より頭一つ低い金魚は、格子窓《こうしまど》の外をぼんやりと見ていて、卓の騒ぎは耳に入らないようだった。猪口《ちょこ》を左手に持ち、右手で蕎麦をつまもうとするが、箸《はし》は空《くう》を切っている。

「誰に聞いたんだ」

「左馬《さま》さんからさ」

銀之丞の答えに、ああ、と狸八はため息をついた。去年の秋、作者部屋で、弟がいるとうっかり口を滑《すべ》らせてしまったのだ。その場にいたのは金魚を除く三人、すなわち、狂言作者の石川松鶴《いしかわしょうかく》と、その弟子の松ヶ枝福郎《まつがえふくろう》、最上左馬之助《もがみさまのすけ》の両人だ。

なるほど、自業自得《じごうじとく》というやつだったか。一瞬でも金魚を疑った己《おのれ》を恥じる。金魚は口の固い男だ。一番最初に打ち明けた相手は金魚だったが、自身はそれを誰にも話さなかった。

「いくつ下だ？」

銀之丞が尋《たず》ねる。

「四つだ」

「ふうん。じゃあ俺と同じか？」

「そうだな。数えで十九だ」

弟は江戸にいるのか、どんな奴《やつ》だ、みんなで会いに行こうぜ。そんなことを言われるのではないかと身構えたが、銀之丞の目はそこまで熱心ではなかった。まるで天気の話をするときのような顔をしている。

「江戸の生まれか、狸八」

「まあな」

「へえ。じゃあ弟も江戸にいんのか」

この話は早々に終わらせたいのだが、良い案も浮かばず、狸八は言葉に注意を払いつつ答えた。金魚は相変わらずぼうっとしていて、助け船を出してくれる気配はない。春の穏《おだ》やかさに誘われたか、それとも夜におかしな夢でも見たのだろうか。

「似てんのか？」

「ん？」

「顔だよ。弟と」

「なんでそんなことを訊《き》く」

「いや、似てりゃどっかですれ違ったときにでも、気付くかもしれねぇなと思っただけさ」

捜《さが》しに行く気はなさそうだ。思えば、狸八は鳴神座の者の素性《すじょう》をほとんど知らない。誰に妻子があり、誰に親兄弟があるのかも、なんとなく会話の中から察する程度だ。銀之丞のこともほとんど知らない。訊けば答えるのだろうが、今まで訊く気にはならなかった。おそらく、この先も尋ねることはないだろう。

銀之丞が今こうしてしつこく訊くのも、ほかに話の種のない昼餉《ひるげ》の、暇つぶしのように思えた。

「さあ」と、狸八は首をひねった。自分では似ていると思ったことはなかったが、他人から見れば似ているのだろうか。

「あんまり似てませんでしたね」

ぼそりとした声で答えたのは金魚だった。窓の外に目を向けたまま、心ここにあらず、といった様子で口だけが動いていた。

「金魚？」

思わず声を上げると、金魚ははっとしてこちらを向いた。銀之丞がぐいと顔を寄せる。

「金魚、狸八の弟に会ったことあんのか？」

「え、いや、あの」

金魚は自分が何を口走ったのか、今初めて気付いたようだった。慌《あわ》てふためいて目を泳がせ、猪口《ちょこ》のつゆをこぼしそうになって壁に体を寄せる。

「なあ、この近くにいるのか？」

金魚が口をぎゅっと結んだのを見て、銀之丞は狸八の方を向いた。こうなれば、口を割らせるのは無理だと悟ったのだ。狸八はその目を躱《かわ》すように金魚を見る。

「会ったのか？」

びくりと体を震わせ、金魚は首を横に振った。銀之丞を気にして、言葉を選ぶ。

「いえ、その、この前先生のお使いに行ったとき、通り道、だったもので」

「ああ、なるほど」

そういえば、麴町《こうじまち》へのお使いを言いつけられていた。そのときに椿屋《つばきや》を通りがかって見かけたのだろう。大店《おおだな》の油屋、椿屋は、麴町の大通りに面している。弟の徳次郎《とくじろう》は、今や椿屋の当主だ。

「めずらしいな、金魚が口を滑らせるとは」

責めたわけではないのだが、金魚はしゅんとして俯《うつむ》いた。

「口を滑らせたってことは、金魚は前から知ってたんだな」と、銀之丞は唇を尖《とが》らせる。

「いいさ、別に」

「すみません」

「わざわざ話すようなことでもないからさ」

「なに、かまわねぇさ。事情は人それぞれだ。根掘り葉掘り訊くのも野暮《やぼ》ってもんだ」

「ふてくされるなよ。金魚には、たまたま話す機会があったんだ」

「そうだろうよ。作者部屋のお仲間だ。俺は役者だからな。なにせ中二階《ちゅうにかい》だ。きりちゃん、蜜豆《みつまめ》くれ！　ああ、一人分だけでいいぜ！」

店の奥にいた若狭屋の看板娘、きり目がけて声を張り上げると、はぁい、という声が返ってきた。わざわざ一人分だけ頼むあたり、口ではかまわないと言っていても、内心おもしろくはないのだろう。狸八は苦笑する。

「しかし」と、狸八は肩身を狭くして蕎麦をすする金魚に目をやる。

「似てなかったか」

「ええ、あまり」

金魚は大きな黒目を左右に泳がせてから、小声で答える。

「眼鏡《めがね》もかけていましたし。なんというか、静かな人でした」

「そうか、まあ、そうだな」

父親似か母親似かというのもある。弟の徳次郎は、どちらかというと母の家系の顔をしている。品がよくて、口が小さい。狸八は父方の顔だ。眉がまっすぐで鼻筋が通っている。だが、気性は父にも祖父にも似なかった。

「頭の良さそうな顔立ちでした」

学問も徳次郎の方がよくできた。

「ま、そうだろうな」

「いえ、狸八さんが頭が悪そうというのではなくて」

「わかってるよ」

兄弟でも似ていないことがあるのは当たり前なのに、思いの外《ほか》自分が落ち込んでいることに気付いて、狸八は小さく笑った。

「似てない方が、あちらさんは気楽だろう」

金魚が目を伏せる。そこへ、きりが蜜豆を運んできた。きりは鳴神座の大道具方の棟梁《とうりよう》、源治郎《げんじろう》の娘だ。ぱっちりとした大きな目は父親譲《ゆず》りだが、源治郎の目には迫力があるのに対して、きりの眼差《まなざ》しには華やかさがある。黄色の格子柄の小袖を襷《たすき》で絡《から》げてきびきびと働いており、蜜豆を置くとすぐに戻ってしまった。若狭屋のもう一人の看板娘、店主の娘の多喜《たき》も、何やら忙しそうだ。

銀之丞は口をへの字に曲げたまま、匙《さじ》で豆に糖蜜を絡めてすくう。鳴神座を仕切る頭取《とうどり》、鳴神喜代蔵《きよぞう》の好物《こうぶつ》だという蜜豆は、口に含んだ途端に銀之丞の顔もほころんだ。

「うめぇ」

やれやれと、狸八は金魚と顔を見合わせて息をつく。

ふと、思い出したように金魚が蕎麦をすすり始めた。一息に残りの蕎麦を平らげ、立ち上がる。

「お、金魚も蜜豆食うか？」

すっかり機嫌の直った銀之丞が尋ねたが、金魚は顔の前に手を出して断った。

「いえ、あっしは結構ですよ。ちと用事がありますので、これで」

「また先生のお使いか？」

「ええ」

店の者たちに頭を下げ、いそいそと暖簾《のれん》をくぐって出ていく。格子窓の外を足早に通り過ぎる金魚を眺め、銀之丞が言った。

「働きもんだなあいつは。しかし、松鶴先生も金魚を働かせすぎだぜ。こんな、稽古も始まってない時期にさ」

たしかに金魚は働き者だ。だが、と狸八は顎《あご》に手を当てた。

「おかしいな」

「ん？　どした？」

「先生は今日、小屋に来ていない」

銀之丞が目を瞬《しばた》いた。

「じゃあ、福郎さんか？」

「いや。福郎さんは、左馬さんと武蔵《むさし》さんたちに誘われて潮干狩《しおひが》りに行った」

昨年の秋に一座にやってきた奈落番《ならくばん》たちとはすっかり打ち解けた。特に作者部屋の三番手、左馬之助は仲が良いようだ。

「潮干狩り？　遅くねぇか？」

「まだ潮は引いてるだろ。武蔵さんが穴場を知ってるそうでな」

「さすが漁師」

「それはそうなんだが」

狸八は、丸顔で太い眉をした福郎のしかめっ面《つら》を思い浮かべる。作者部屋の二番手にして松鶴の右腕でもある福郎は、お使いを頼んでおいて自分は遊びに行くような人ではない。

「先生は喜代蔵さんと、花祭りの段取りを決めに、寺の寄合へ行ってるはずだしなぁ」

「じゃあ、金魚の言う用事ってのは？」

狸八と銀之丞は、無言のまましばし見つめ合う形になった。

「さっきの金魚、なんかおかしかったよなぁ」

狸八の弟の話になり戸惑《とまど》っていたが、そもそも初めから、いつもの金魚ではなかった。

「ああ。てんで上《うわ》の空《そら》だった」

「めずらしいよな」

「ああ、めずらしい」

互いに何を言うでもなく、銀之丞は蜜豆を、狸八は稲荷寿司の残りを同時に腹におさめた。

「大将、ごっそさん！」

「ごっそさんでした！」

言いながら暖簾を掻き分け、二人は路地へと飛び出す。

「どっちだ？　金魚はどっちへ行った？」

「あっちだ」と、狸八は北を指す。若狭屋のすぐ北には鳴神座がある。楽屋口にいた稲荷町の若手女形、山瀬《やませ》に訊くと、金魚は戻ってきていないという。

「向こうの方へ行ったぜ？　なんだか機嫌がよかったな」

山瀬は細い目と指とで、浅草《あさくさ》の方を指し示す。

「よし、ありがとな山瀬！　行くぞ狸八！」

「おう！」

狸八と銀之丞は走り出す。鳴神座のある蔵前《くらまえ》から北へ、浅草寺《せんそうじ》の門が見えてきたところで、小柄な金魚の姿を見つけた。浅草寺へと向かう人の流れを滑《なめ》らかに、縫《ぬ》うように素早く歩いている。黒衣《くろご》で身に着けた身のこなしだろうか。忍《しのび》みてぇだ、と銀之丞が言った。

金魚は浅草寺へは向かわず、その手前で道を西へと逸《そ》れた。道祖神《どうそじん》の陰に隠れた銀之丞が、こっちへ来いと手招きをする。

「何も隠れることはないんじゃないか？」

とりあえず銀之丞の後ろについて尋ねると、銀之丞は険《けわ》しい顔で首を横に振った。

「あの金魚が嘘《うそ》までついて隠してることだぞ？　こうでもしなきゃわからねぇよ。あいつの口の固さは岩も根負けするほどだ」

「たしかにそうだが」

口を滑らせるなんてめったにないことだ。だからこそ、それほどまで上の空になる理由は狸八も気になる。

「趣味が悪いな」

「おう？　おめぇもやってんだから一緒だぜ？」

「わかってるよ」

金魚は、二人があとをつけていることには気付かない様子だった。足早に、上《う》野《の》の方から江戸城の外堀をぐるりと回り込み、西へと向かっていく。狸八は焦《あせ》り始めていた。このまま行くと麴町だ。知り合いも多い。

だが、金魚は麴町へ着いても大通りへは向かわず、江戸城西の堀の手前を、四《よ》ツ谷門《やもん》の方へと歩いていった。堀を渡れば四ツ谷町だ。

「どこまで行くんだ、金魚は。このままじゃ甲州街道《こうしゅうかいどう》へ出ちまうぞ」

三月から四月にかけては、江戸に住まう大名たちが交代をする時期だ。東海道の品川口《しながわぐち》、日光《にっこう》街道の千住口《せんじゅぐち》と同様に、甲州街道の四ツ谷口も、人の出入りで混み合う。

「大名行列でも見に行くのか？」と、銀之丞は訝しむ。そんなものを見て何が楽しいのだと言いたげだ。

もう一刻《いっとき》近くも歩いているというのに、金魚は休むこともない。

「銀、心当たりはないのか」

「ねぇよ。金魚は芝居と先生のことのほかは、なんにも喋《しゃべ》らねぇからな」

金魚の足取りを目で追っていた銀之丞は、その目をわずかに見開いた。

「銀？　どうした」

「いやいや、まさかな」

四ツ谷門にほど近い場所で足を止めた金魚は、裏通りの一軒の茶店へと向かっていった。場所柄、街道を行き来する者よりも、町の者が立ち寄ることの多そうな、ありふれた茶店だ。店の前には床几《しょうぎ》がいくつも並べられ、茶と一文字書かれた旗が風に揺れている。店の中に小上《こあ》がりの席もあるようだ。

狸八たちが物陰にしゃがんで覗《のぞ》いていると、金魚は店の中へと向かい、ごめん、と声をかけた。続けて注文する声はいくらか上《うわ》ずっていた。外の床几に腰を掛け、時折中をちらちらと気にする顔には疲れの色もなく、背筋をぴんと伸ばしている。

少しして、皿と湯呑《ゆのみ》を持った茶店の娘が出てきた。お待ちどうさま、と、あんこのたっぷりと乗った団子と茶を、手際よく床几に並べていく。どちらも湯気がふわりと立ち上っている。

「いらっしゃい、金魚さん。また寄ってくれたんですね」

娘はにこりと笑った。色が白く、頰《ほお》はほんのりと赤い。笹の葉のような整った形の目に沿って、弧《こ》を描く眉は優しげだ。黄色の小袖はきりりも着ていた流行《はや》りの色だが、こちらは無地で、赤い帯を締めている。歳《とし》は金魚より少し上だろうか。十五、六に見える。

「どうも、ご無沙汰《ぶさた》しております」

金魚がそう答えると、娘はくすくすと笑った。

「ご無沙汰？　この前来たのは」

盆を片手に持ち替えて指を折る。

「四日前ですよ？」

「そうでしたか。もうひと月も経《た》ったような心持ちでしたが」

金魚は恥ずかしげに頭を掻いた。

「またこちらに用事？」

「ええ」

狸八と銀之丞は目を見合わせて頷《うなず》いた。

なるほど、これが先生のお使いか。

「芝居小屋ってのは忙しいんですね。忙しいのは金魚さんの先生？　芝居をするだけじゃないんだ」

「ええ。芝居が始まる前の方が忙しいんです。支度《したく》とか、いろいろ……芝居が始まったら、お絹《きぬ》さんもぜひ見にいらしてください」

「そりゃあ見たいけど、お芝居は値が張るから。それに、金魚さんは役者じゃないんでしょう？」

「それはまあ」

「だったら、あたしが見に行ってもしょうがないでしょう？　あ、おっかさんが呼んでる。ちょっと待っててね、金魚さん」

絹と呼ばれた娘は、最後にもう一度金魚に笑顔を見せると、店に入っていってしまった。

金魚は茶を一口すると、それはそれは長く息を吐いた。胸の中が空《から》っぽになったのではないかと思うほど長く吐いたあと、今度は同じくらい長く吸って、吐きながら眉を下げ、少しだけ笑った。湯呑を両手で包み、雲の流れを目で追っている。金魚のあんな顔は初めて見た。

「狸八」

「ん？」

「俺、もう我慢できねぇや」

にやにやとした笑みを横顔に浮かべて、銀之丞は立ち上がった。大股《おおまた》で勢いよく、ずんずんと金魚に向かっていく。狸八も立ったもののあとを追うべきか迷った末に、数歩遅れて静かについていった。

近付いてくる銀之丞に気付いたときの金魚の顔といったらなかった。目と口とを目一杯開けて、驚きのあまり身動きも取れなくなっていた。

「どうして……どうして！　ここにいるんです！」

問う言葉はその実、怒っていた。よほど見られたくなかったのだろう。赤く染まったその顔に、あとをつけてきたと言いづらかったのか、苦し紛《まぎ》れに銀之丞は答えた。

「た、たまたまだ」

「そんなわけないでしょう！　四ツ谷ですよ⁉」

慌てていても怒っていても、まだ金魚の方が冷静だ。まあまあと適当にごまかして、銀之丞は金魚の肩に腕を回して隣に座ると、こちらへ目配せした。その目の動きを、金魚が追う。

「狸八さんまで！」

狸八は背を丸め、金魚を挟む形で銀之丞とは反対側に腰を下ろす。

「すまん」

「すまないと思うなら来ないでください！　銀之丞さんを止めてくださいよ！」

両手で顔を覆う金魚を、銀之丞が自分の側へと引き寄せる。

「で？」

「なんです」

「あの娘とはどうなってんだよ、おい」

「どうにもなってませんよ！」

金魚は銀之丞の腕を摑《つか》み、力任せに振りほどいた。

「見ての通りですよ！」

狸八の方へ体を寄せ、吐き捨てるように言う。

「なんでぇ、看板娘とただの客か？」と銀之丞がつまらなそうな顔をすると、金魚は眉を下げた。

「そうですよ。それ以外に何があります」

ぷいと、金魚はこちらへ顔を向けるが、目が合うと気まずそうにまた目を逸らした。

「でも、惚《ほ》れてるからこんなとこまで来てんだろ？」

「やめてください」

照れか怒りか、金魚の顔が真っ赤になる。耳まで赤い。銀之丞は店の方に目をやる。

「いい子じゃねぇか。器量がいいし愛想《あいそ》もいい」

何か言い返そうと開いた口をそのまま閉じ、金魚はまた眉を下げる。表情がころころと、忙《せわ》しなく変わる。

「知ってますよ」

「そういうとこがいいんだろ」

「よく、わかりません」

銀之丞と狸八は、金魚の頭越しに顔を見合わせた。

「ん？」

「どこがどうだから惚れるとか、惚れないとか、あっしにはわかりません。ただ、お絹さんに会いたくなって、それで、気付いたら、ここまで」

俯《うつむ》いて小さな声を絞《しぼ》り出す金魚が、なんともいじらしかった。かわいらしい、と言ったら金魚は怒るだろう。狸八はとうにどこかへ置いてきてしまった恋だ。だが、忘れてはいない。初めての恋の戸惑いは今も覚えている。

銀之丞も同じ心持ちだったのだろうか。胡坐《あぐら》を掻くように右の足を左の膝に乗せ、頬杖《ほおづえ》をついて目を細めた。

「そういうもんさぁ」

金魚は眉間《みけん》にしわを寄せる。

「ここのほかに、二人で会ったこたぁねぇの？」

返事がないのが答えだった。本人の言う通り、本当に茶店の娘と客というだけの間柄のようだ。

「狸八さん、おなごは、どういうところへ誘えば喜んでくれますか」

銀之丞ではなく狸八に訊いたのは、狸八がかつて吉原《よしわら》の花魁《おいらん》と、夫婦《めおと》になる約束までしていたことを知っているからだろう。銀之丞は無言のまま、なぜ自分には訊かないのかと不満げに唇を尖らせている。

「そうさなぁ、この時期なら花見に行って……舟遊びはまだ早いか」

「早いな」と、横から銀之丞が口を出す。

「じゃあ、眺めのいい、うまい茶店でしばらく喋るか、芝居に誘うのも喜ぶが」

「どっちも仕事場じゃないですか」

「そうなんだよなぁ」

すまない、と狸八は苦笑する。そこへ、店の奥から下駄《げた》の音がした。

「あら、金魚さん、お友達？」

金魚の背中がぴくりと震えた。

「ええと、鳴神座の」

そう言いかけた金魚の言葉が止まる。その目の先の絹は、銀之丞を見て頬を赤らめていた。

「もしかして、役者、ですか？」

絹は両手で口元を覆う。

「おうよ！　鳴神座の月島銀之丞だ」

にかりと笑う銀之丞と、見惚《みほ》れる絹の顔とを見比べた金魚が、戸惑いながら銀之丞を睨《にら》みつけた。

「いつも金魚が世話になってるみたいだな」

「いえ、世話だなんて」

「お、俺は金魚と同じ作者部屋の畠中狸八と」

邪魔をしようとしてみたものの、絹の目は銀之丞に吸い寄せられたままだった。金魚の赤かった顔がどんどん白くなっていく。

「あたし、役者の人、初めて会いました。あの、たいしたものはありませんけど、何かお食べになりますか？」

その言葉も銀之丞にだけ向けられている。金魚と狸八は目に入らないようだ。

これはまずい。

「そうだな、じゃあ」

桜餅《さくらもち》を、と言いかけた銀之丞の隣で、金魚が立ち上がった。絹の方が背が高い。金魚は必死に笑顔を作っている。

「いえ、お絹さん、二人はあっしを迎えに来たんですよ。もうじき稽古が始まりますので」

「稽古？　今はなにも」

狸八は慌てて銀之丞の口を塞《ふさ》いだ。手の平の下で、銀之丞がもごもごと抗議の声を上げている。

「ああ、そうだな金魚、そろそろ帰らないと。金魚がいないと先生たちも困るだろうからさ。お使いが済んだなら帰ろう。な、銀、帰るぞ」

「そうしましょう、狸八さん。では、お絹さん、また」

引き攣《つ》った口元にどうにか笑みを残して、金魚は早足で歩き始めた。狸八は銀之丞の背に腕を回し、抱えるようにしてそのあとを追う。金魚は早足を通り越してもはや走っていたが、どこを目指しているのか、自分でもわからなくなっている様子だった。背中を見れば、傷付いていることはわかる。わりぃ、と銀之丞が言った。

「金魚にちゃんと言えよ」

とはいえ、銀之丞にとってはあれが当たり前のことだ。芝居には厳しい松鶴にさえ、顔だけはいいと言わせる器量の持ち主だ。絹が見惚れるのも無理はない。

「おう。次は気ぃつける」

何度呼んでも、金魚は止まらなかった。こちらも諦《あきら》めて、そのあとはただ追いかけた。心の整理がつかないのだろう。走りたいだけ走ればいい。

金魚は元来た道は通らずに、江戸城の堀端の道を、今度は南へ回り込んだ。ようやく足を止めたのは城の南東、風に潮の匂いの混じる新橋《しんばし》の辺りだった。金魚の後ろで、狸八と銀之丞はぐったりと尻《しり》をついて座り込む。

「金魚、悪かった、悪かったよ」

銀之丞は息も絶え絶えといった様子だ。声が掠《かす》れている。何も口にせぬまま、江戸城の外堀を半周したのだ。

金魚は何も答えず、肩を上下させながら、ただ空を見上げていた。白く霞《かす》む空には、薄く、手でちぎったかのような雲が漂っている。銀之丞が狸八の袖を引っ張った。

「土下座しなきゃだめかな」

「いや、さすがにそこまでは」

そうこうしていると、金魚がくるりと振り向いた。狸八は思わず肩をぴくりと震わせる。

「狸八さん、銀之丞さん」

目が据《す》わっている。

「なんだ？」

訊き返したのは銀之丞だ。狸八はごくりと唾を飲んだ。何か異様な気配がする。

「お絹さんの前ではあっしのことを、金魚さん、と呼んでくれますか」

二人とも、すぐには返す言葉が見つからなかった。

「金魚さん？」

狸八の呟きに、一座で最も若い裏方は重く頷く。

「ええ。あっしはお二人より長く鳴神座にいます。あっしは、狸八さんに物を教える立場でもあります。そうですね」

「あ、ああ」

「ならば、お二人があっしのことを、金魚さん、と呼んでもおかしくはないですね？」

なるほど。要するに、絹に一座の下《した》っ端《ぱ》だと思われたくないのだ。一座の中でそれなりに大事な役目を任されているといくら口で言ったところで、商家ならば丁稚《でっち》でもおかしくない歳だ。信じてはもらえないだろう。

もしくは、絹が見惚れた銀之丞に「金魚さん」と呼ばせることで、格好をつけたいのかもしれない。どちらにせよ、いじらしいことには変わりなかった。走りながら、ずっとそのことを考えていたのだ。

「兄さん、でもいいですよ」

金魚の言葉に、銀之丞の口元がむずむずと動いたかと思うと、ぶはっと盛大に噴《ふ》き出した。

「どうして笑うんです！」

金魚が眉を吊《つ》り上げる。

「いや、悪い悪い。ばかにしたんじゃねぇよ。ほんとさ」

口をへの字に曲げて睨みつける金魚をなだめつつ、銀之丞はまだ肩を震わせていた。涙を拭ってわざとらしく言う。

「そういや、兄さんて呼ぶのが当たりめぇだよなって、思ってさ。いやぁ、なんで今まで気付かなかったのかねぇ」

腰を上げると、銀之丞は大袈裟《おおげさ》な仕草で尻についた土を払った。

「もちろんそう呼ぶぜ、兄さん。狸八もだろ？」

狸八も立ち上がる。

「ああ、もちろんだ。金魚さん」

ほっとしたのか、金魚の顔にはやっと笑《え》みが浮かんだが、それはすぐに消えてしまった。

「すみません、こんな」と俯く。

「あっしは、自分がばかになったようです」

銀之丞は苦笑まじりに金魚の肩に手を置いた。

「いい案だよ。それに、兄さんなのは間違いねぇんだから、心配すんな。それより、なんか食おうぜ。俺もう腹も減ったし喉も渇いたし」

北西にそびえ立つ城を見上げる。遠く高いところで、黒い瓦《かわら》が光っている。

「まさか一周しちまうとは思わなかったぜ。このまま行きゃあ、銀座《ぎんざ》、京橋《きょうばし》、日本橋だ。なんかうまいもんあるんじゃねぇか」

一人すっきりとした顔で銀之丞は歩き出したが、金魚はまだ表情を曇《くも》らせていた。

「大丈夫だ。俺も銀も、金魚をばかだなんて思っちゃいないし、鳴神座の誰にも言わない。先生にもな。次にお絹さんに会ったときには、ちゃんと呼ぶよ。約束する」

顔を上げた金魚は、狸八をじっと見たあとで口を開いた。

「お絹さんの方が、背が高いんです」

ああ、と狸八は思う。年若いうちは、おなごの方が体が大きいのはよくあることだ。金魚だってわかっているだろうに。

「あっしを、子供だと思うでしょうか」

狸八はぽんぽんと金魚の肩を優しく叩いた。

「背の丈《たけ》なんてすぐ伸びるさ。去年より伸びたじゃないか。それに、一座から頼りにされてる男だ。子供だなんて思わないさ。金魚がいないと先生たちが困るのは、本当のことだろう?」

通りを進んだ銀之丞が、大きく手を振っている。あの辺りはもう銀座だ。金魚を促して歩いていくと、待ちきれなかったのか銀之丞が走ってやってきた。

「ちょっとこっち来いよ」

狸八と金魚の手を摑んで走り出すと、銀座の大通りを抜けた先で立ち止まった。銀之丞が東を指す。ここは銀座から日本橋へと向かう道だ。途中で海の方へと折れると、木挽町《こびきちょう》に入る。銀之丞はそちらへ向かい、また歩を進めた。狸八と金魚も続いていく。

「見ろよ、森田座《もりたざ》だ」

江戸三座の一つ、森田勘彌《かんや》が座元を務める森田座の芝居小屋は、鳴神座よりも二回りも大きく見えた。間口は広く、櫓《やぐら》は高くそびえている。役者の数も多ければ、入れる客の数も多く、千を優に超える。

鳴神座がお上《かみ》から大芝居を打つ許しを得たとはいえ、まだまだ江戸四座とは呼ばれない。それだけ、江戸三座は雲の上だ。

「静かだな」と、銀之丞が呟いた。

役者の名の入った幟《のぼり》も立っていなければ、屋根の上には役者絵も、櫓に張られるはずの幕もない。木戸は固く閉められており、軒先に吊るされている赤い提灯《ちょうちん》も、今はどことなく寂しく見えた。

「こちらも今は休みでしょう」

金魚が答える。正月から三月まで、曾我物を演じるのはどこの一座でも同じだ。だからこそ、余所《よそ》の一座と差をつけようと、毎年趣向を凝《こ》らすのだ。

「待ってたら誰か来ねぇかな。勘彌とか、坂東八十助《ばんどうやそすけ》とか蓑助《みのすけ》とかさ。会ってみてぇな」

「会ってどうするんです？　まさか、森田座に行きたいとか言わないでしょうね」

金魚がじろりと横目で睨む。役者は本来、決まった一座にずっといるわけではない。一座を背負う座元の一門のほかは、一年ごとに別の小屋へと移ることが多い。そのため、毎年十月に小屋ごとに顔見世番付《かおみせばんづけ》を刷り、これから先の一年の間、自分のところへ出る役者を皆に知らせるのだ。あの市川團十郎《いちかわだんじゅうろう》でさえ決まった小屋を持たないものだから、熱心な客は贔屓《ひいき》の役者を追いかけ、毎年違う小屋へと通うことになる。

鳴神座は宮地《みやじ》芝居からの縁があるため、鳴神家のほかに白河《しらかわ》家と紅谷《べにや》家の面々も、おそらく余所の一座へ行くことはないだろう。この三つの家は同門のようなものだ。しかしそのほかの役者は、余所から声がかかれば、そちらへ行くも行かないも本人の自由だ。

「いや、俺は鳴神座の芝居が好きだからな、まだまだ居座る気だぜ？」

「その前に森田座から呼ばれませんよ」

「言いますなぁ金魚さんは」

「今はやめてくださいそれ」

からかうように笑って、銀之丞はぱんぱんと手をはたいた。

「ま、会いたかったのはさ、すげぇ役者ってのは、舞台の外でもすげぇだろ？　気迫があるっていうかさ」

奈落番の武蔵は、鳴神十郎を一目見て、只者《ただもの》ではないと思ったという。それはそうだろうなと狸八も思った。十郎が作者部屋へ来ると、あの太い眉と大きな目、そして低く通る声に、冷涼な風の吹いたような心地《ここち》になるのだ。

「江戸三座の役者の凄《すご》みってのを、いっぺん肌で味わってみたかったのよ。直《じか》に、近くでさ」

「まぁ、たしかにな」と、狸八は頷くが、金魚はすっと目を細める。

「凄みを肌で味わうなら、芝居を見た方がいいんじゃないですか？　特に銀之丞さんは」

気迫どうこうの前に芝居を学べと言いたそうだ。銀之丞はそれを、はっはと笑い飛ばす。

「金がねぇ」

「胸を張って言うことですか」

「いい小袖を見つけてな」

芝居を頭から終わりまで見ようとすれば、一人で二分金《ぶきん》、二人で一両《りよう》が相場だ。一両は銭にすればおよそ六千文《もん》。親子三人がひと月楽に暮らせる額だ。

「一幕だけなら買えなくもねぇんだがなぁ。狸八も金魚もそうだろ？」

「まあ、なんとか」

「買えなくはないですが」

「二人羽織ならぬ三人羽織で、三人で三幕見るわけにはいかねぇかな」

金魚が呆《あき》れてため息をつく。

「留場《とめば》に追い出されますよ」

席札を持たずに芝居を見ている者がいないか、戯場《ぎじょう》で目を凝らすのが留場の仕事だ。鳴神座にももちろんおり、特に屈強な男たちが割り当てられている。

「そうだよなぁ」

「けど、どうしたんだ、急に。余所の芝居が見たいだなんて」

狸八は首を傾《かし》げる。

「鳴神座の芝居がもちろん一番だが、もっとさ、いろんな芝居を見てみたくなったんだ。閉じこもってるばっかりじゃあ、わからねぇこともあるだろ？」

櫓の骨組みを見上げる銀之丞の顔はいつになく真剣で、狸八にはそれが、舞台に立っているときと同じ、役者の顔に見えた。

数日後、鳴神座の作者部屋では、狂言作者の石川松鶴が唸《うな》っていた。松鶴が唸っているのはいつものことなので、弟子たちは特に気に留めてはいなかった。一番弟子で松鶴に次ぐ二枚目という立場の福郎と、それに次ぐ三枚目の左馬之助は、五月の世話物《せわもの》の正本《しょうほん》を書くのに忙しい。

世話物とは、主に人情話や恋といった、世の人々に馴染《なじ》みの深い話のことだ。曾我物は時代物に分けられ、仇討《あだう》ちの物語ということもあって、いささか硬い。それが三か月も続いたため、次はがらりと色を変えようというのだ。世話物の得意な福郎は、特に張り切っている。

狸八と金魚は、同じ部屋にいながらも、これといってやることがあるわけではなく、各々《おのおの》の机について前の正本を読み返したり、何か盗めるところはないかと兄弟子たちの様子を眺めたりしていた。

正本を読みながら、狸八は先日大道具方に拵《こしら》えてもらったばかりの文机《ふづくえ》の表を撫《な》でる。大道具として繰り返し使った板で作ったそうだが、念入りに鉋《かんな》がかけられ、節も避けてあるので滑らかだ。源治郎たち大道具方の心遣《こころづか》いがありがたい。運んできた若手の亀吉《かめきち》には、長く使ってくださいねと笑って念を押された。白木のようにきれいな机からは、清々《すがすが》しい匂《にお》いが立ち上《のぼ》る。

「福郎、左馬」

文机に片肘《かたひじ》をつき、額《ひたい》に手を当てたままで松鶴が呼んだ。はい、と二人が応《こた》えて顔を上げる。

「金魚、狸八」

はい、とこちらも二人、声を揃《そろ》える。松鶴は四人の弟子の顔を、順にじっくりと見た。思ったよりも長い沈黙に、弟子たちは不安げな面持《おもも》ちになる。

「手分けして人を呼んでこい。いいか。喜代蔵さんと十郎、右近《うこん》、八郎《はちろう》、それから雷三《らいぞう》さんだ」

何事だろうかと、弟子たちは互いに顔を見合わせた。

次の芝居の正本が書けると、鳴神十郎とその父、鳴神喜代蔵を呼び、ほかの役者や裏方より先に本を見せることになっている。役者の頭《かしら》である座元の十郎と、興行のすべてを取り仕切る頭取の喜代蔵だから当然だ。

だが、古株《ふるかぶ》とはいえ役者の白河右近と紅谷八郎、さらには小道具方の親方である雷三をここへ呼んだことは、少なくとも狸八が鳴神座へ来てからはない。

「先生、しかし、正本がまだ」と、福郎が戸惑いながら言う。

　全六幕から成る鳴神座の芝居は、一、二幕目を左馬之助が、三、四幕目を福郎が、五幕目と、大詰《おおづめ》と呼ばれる六幕目を松鶴が書く。福郎と左馬之助は今まさにそれを書いている最中だし、松鶴とて、最後の二幕を書き切った様子はない。

「それに、右近さんと八郎さん、雷三さんまでというのは」

「いいから呼んで来やがれ！」

　ぴしゃりと、松鶴は語気を強めた。髪を剃《そ》り落とした頭を億劫《おっくう》そうに撫で、ため息をつくが、それは呆れや気怠《けだる》さを表すものではなかった。なにか気を張っている。頬が強《こわ》ばっているのが狸八の目にも見て取れた。

「話はそれからだ。おめぇらもな」

　何か尋常ではない雰囲気に、作者部屋の中がきんと冷えた気がした。弟子たちは再び顔を見合わせると、無言のままに立ち上がる。廊下《ろうか》へ出て、障子《しょうじ》を後ろ手に閉めると、小声で福郎が指示を出す。

「左馬と金魚は右近さんと八郎さんの家へ、手分けして走ってくれ。俺は十郎さんと喜代蔵さんを呼んでくる。狸八は雷三さんだ。上にいるはずだ」

　はい、と頷いて素早く散る。稽古も休みの時期だ、役者たちは小屋へ来ていない。だが、裏方はこの時期に道具の修繕《しゅうぜん》などをするために来ていることが多いのだ。

鳴神座は三階建てだが、表向きは一階、中二階、二階の、二階建てということになっている。本来、三階建ては禁じられており、お上の目をごまかすために、このような呼び方をしている。小道具方の仕事場があるのは中二階だ。中二階にはほかに女形の楽屋や、衣裳方《いしょうかた》や床山《とこやま》の仕事場がある。

大梯子《おおはしご》を上り、暖簾《のれん》をくぐると、数人の小道具方が黙々と作業をしていた。鏡台のささくれにやすりをかけたり、布で作った花から色褪《いろあ》せた花びらを取り除いたり、艶《つや》のなくなった膳《ぜん》を塗り直したりしている。

「すいません」と声をかけると、手は動かしたまま、皆の目が狸八に集まった。

「雷三さんはおりますか」

背の高い文四郎《ぶんしろう》や、まだ十代半《なか》ばの鶴吉《つるきち》などが同時に目をやった方を見ると、窓の傍《そば》に雷三がいた。脇《わき》狂言の「与一千金扇的《よいちせんきんおうぎのまと》」で使う、扇を据える竿《さお》を塗り直している。白い髪が風に揺れる。喜代蔵の古くからの友人だというから、歳は七十近いだろう。

「おう、狸八か。何の用だ」

傍へ行って座ると、漆《うるし》の匂いがした。屋島《やしま》の海に浮かぶ平氏《へいし》方の舟に設《しつら》えられた竿だ。雅《みやび》でなくてはいけない。

「松鶴先生が雷三さんをお呼びでして」

「ん？　先生が？　まだ次の芝居は決まっちゃいないだろう。小道具の注文にしちゃおかしな時期だな」

「そうなんですが、俺も何の用なのかは聞かされてないんです。十郎さんに喜代蔵さん、右近さんや八郎さんまで呼ばれていて」

雷三は、はたと手を止める。

「これ塗り切るまで待て。右近たちが来るまで、まだ間があるだろ」

そう言い、また漆を塗る手を速めた。

半刻後、作者部屋には松鶴の呼んだ全員が顔を揃えた。

最初に現れたのは鳴神喜代蔵、十郎の親子だ。二人は小屋の頭取座で仕事をしていたのだ。その次に狸八が雷三を連れてきたときには、作者部屋には重い沈黙が漂っていた。松鶴は皆が揃うまで喋らないつもりのようで、その張り詰めた気配が皆に移ってしまっている。狸八は福郎と囁《ささや》くように言葉を交わしながら、文机を隅に寄せて、その脇に置き物のように収まった。

しばらくして、右近が勢いよく障子を開け、

「先生！　用ってのはなんだい！」と声を張り上げたときには、ほっとすると同時に急に強い力で押されたような気になった。

鳴神座で敵役といえば白河右近だ。その声の太さと迫力はやはり並ではない。一座の誇る女形、白河梅之助《うめのすけ》の父親だが、線の細い梅之助に対し、右近は目も鼻も大きく、顎のしっかりとした造《つく》りの顔で、動作も一つ一つが大きい。

「おう、なんだしけた面《つら》して」

松鶴たちの様子に面食らい、右近は神妙な顔をする。

「誰か死んだかい」

「さっさと座れ、右近」と、雷三がたしなめる。

「雷三さんまで呼ばれてんのか。何事だい」

「いいから黙ってな」

右近の後ろから、紅谷八郎はおかしそうにけらけらと笑いながら入ってきた。

「おめぇは、いくつになっても雷三さんに叱られてんな」

こちらは紅谷孔雀《こうじやく》、朱雀《すざく》の兄弟の父親で、芝居では立役から女形までこなす器用な役者だ。髪には白髪が多く顔つきは柔和《にゆうわ》で、よく笑うせいか目尻に深いしわがある。紅谷家の役者は名前にあやかり、赤い色の着物を着るのが常で、今日も梅鼠色《うめねずいろ》の羽織を着ている。

役者でないのは雷三だけだが、貫禄《かんろく》では劣っていない。十郎や右近、八郎を呼び捨てにできるのは、喜代蔵と松鶴のほかはこの雷三だけだろう。それだけ長く、鳴神座とともにあったのだ。

最後に左馬之助と金魚が入り、障子がぴしりと閉められた。二人は狸八たちの方へ来て、並んで座る。もともと広くはない作者部屋だ。人でぎゅうぎゅう詰めなのもさることながら、十郎たちの醸《かも》し出す凄みで、三月だというのに狸八は背中が汗だくだった。

「わざわざ呼び立てて悪かったな」

松鶴が口火を切る。

「何の騒ぎだい先生。あらたまって」と、喜代蔵が尋ねる。

「いやな、五月の芝居なんだが」

どうにも歯切れが悪い。これだけ人を集めておいて、まだ躊躇《ためら》っている様子だ。松鶴は机の上に手を組み、落ち着きなく左右に目をやっている。

「どしたい先生、五月に芝居をやるのは縁起が悪いってかい？」

右近の言葉に、八郎が笑った。

「さすがの先生でもそれはおっしゃらねぇだろうさ」

「おめぇら、茶化《ちゃか》すんじゃねぇよ」

雷三が叱ると、右近と八郎はともに苦笑しておとなしく黙る。まるで子供のようだ。

ああ、と唸るような声を上げて、松鶴は居並ぶ顔を見回した。

「五月の芝居な、世話物をやろうっつう話だったんだが、その、変えてぇんだ。違う話をやりてぇのよ」

これには皆驚いた。一番は、まさにその世話物を書いている最中の福郎と左馬之助だろう。寝耳に水だ。先生、と福郎が言いかけたが、堪えるように膝の上で拳を握り、松鶴の次の言葉を待った。

「先生、それじゃあ一体《いってぇ》、何をやろうってんです」

代わりに尋ねたのは十郎だ。松鶴は重い口を開く。

「雪中白狐《せっちゅうびゃっこ》を、やろうと思う」

十郎と喜代蔵が、雷三が、右近と八郎が、みな言葉を失った。一方で松鶴の弟子たちは、内心で首をひねっていた。作者部屋に山ほどある正本にも、見たことのない題名だ。知っているかと互いに目で問うては、首を小さく横に振る。福郎さえも知らない演目のようだ。

「なんだってまた」と、喜代蔵が困惑気味に呟いた。その口ぶりから、やはり演目のことを知っているようだ。

「今の鳴神座があるからだ、喜代蔵さん」

松鶴が応《こた》える。

「鳴神座は、いい一座になった。立派な小屋だ。皆の息子たちも立派に育った。いい裏方も揃った。舞台にゃあ、せりもある。今ならできる。どうだ、やらねぇか」

ほんの少しの間が空き、雷三が微《かす》かな声で笑った。

「俺はいいぜ、先生」

「雷三さん」

松鶴は少しほっとしたかのように声の調子を緩めた。

「今ならできるってな、先生の言う通りだ。俺もそう思うさ。うちの連中もな、腕のいい、働き者が揃ってんだ。源治郎んとこだってそうだろうよ。裏方の連中は嫌がりゃしねぇよ。春鳴《しゅんめい》も宗吉《そうきち》も、先生の無理難題を楽しんでるとこもあるからな。あとは役者連中だが」

雷三はもっさりとした白い眉を上げ、ぎょろりと左右に目を走らせた。それを受けて、十郎が尋ねる。

「配役は、決まってるんですかい」

松鶴は無造作に頭を振った。

「いや、これからだ。本もな。何もかもこれからさ。おめぇらの承諾《しょうだく》なしには、さすがの俺も書かねぇよ」

「そうですか」

そう言って頷くと、窺《うかが》うように喜代蔵の顔を見る。いつもと変わらず喜代蔵の眼光は鋭かったが、十郎はそこに是《ぜ》の色を見たようだった。

「まあ、誰がどの役になってもできるでしょう。今なら。それくらい、みないい役者になった」

松鶴が、そうだろうと頷き、尋ねる。

「喜代蔵さん、右近、八郎もかまわねぇか」

右近は袖をまくり上げ、腕を組んでにっと笑う。

「俺らはかまわねぇよ。なあ。先生があの芝居をやるっつったことに、ちっと驚いただけだ」

「もとより、俺らは本に口は挟まねぇ。狂言作者に逆らう気はねぇよ」

八郎が賛同し、喜代蔵は何か懐かしそうに、窓の外へと目をやった。

「いい機会かもしれないなぁ、先生。あの芝居は……言うなりゃ、鳴神座にかかった呪いみてぇなもんだったから」

「ああ、そうさ」

ふっと、松鶴は鼻で笑う。

「呪いを解かねぇまま死んじまったら、極楽へ行けねぇかもしれねぇからな」

「ああ、そいつはおおごとだ」

喜代蔵と雷三が笑い声を重ねた。

そうか、と狸八は気付く。ここに集められたのは、鳴神座が寺社の境内《けいだい》に小屋掛けをして、宮地芝居をしていた頃からの面々だ。その頃に演じて、おそらくは、うまくいかなかった芝居なのだろう。だから喜代蔵は呪いと言ったのだ。

「では、本が書けたらまた呼んでください」

「おうよ」

十郎たちが帰っていくと、松鶴はまだ戸惑っている弟子たちを、気まずそうに見回した。

「そういうこった。おめぇらには悪《わ》りぃことをしたな」

そう言われても、弟子たちは途中から置いてきぼりを食っていたので、芯《しん》の部分がわからない。いえ、とだけ福郎が答えた。

鳴神座にかかった呪いについて、こちらから訊いてもいいものかと狸八が逡《しゅん》巡《じゅん》していると、障子がほんの二寸《すん》ほど開いた。隙間から見える、しわに囲まれた目は雷三だ。

「狸八、若狭屋で海苔《のりま》巻きもらってきてくれるか。腹が減ってな」

松鶴をちらりと見ると、行けと顎をしゃくる。

「は、はい。すぐに」

「悪いな。かんぴょう巻きがいい。上にいるからよ」

雷三は大梯子の上を指した。今この場を離れるのは惜《お》しいが、仕方がない。狸八は足早に若狭屋へ向かうと、かんぴょう巻きと生姜《しょうが》の漬け物を包んでもらい、鳴神座へ戻って大梯子を駆け上がった。雷三は小道具方の仕事場で、数本の刀を並べ、刃の検分をしていた。竹に銀箔《ぎんぱく》を貼って作られた刀は、西日を受けて本物と見紛《みまが》うばかりに光っている。

「雷三さん、海苔巻きです」

筍《たけのこ》の皮に包んだかんぴょう巻きを、目の高さまで上げて言う。

「おう。そこ置いといてくれ」

雷三はこちらを見なかった。

「はい。では、俺はこれで」

作者部屋にはまだ人のいる気配がした。雪中白狐という演目のことも、鳴神座にかけられた呪いのことも、きっと、松鶴が弟子たちに話しているに違いない。

かんぴょう巻きを畳に置くと、狸八は急ぎ踵《きびす》を返した。

「ああ、待ちな、狸八」

まだ何かあるのだろうか。逸《はや》る気を収めて振り向くと、雷三は自分の傍《かたわ》らを指差した。座れというのだ。

「すみません、その」

「聞いてけ。昔の話だ」

昔の、と狸八は呟く。

「それは、雪中白狐のことですか」

「そうだ」

吸い寄せられるように、狸八は雷三の指した場所へと腰を下ろした。雷三は、筍の皮の包みを解《ほど》く。

「ありゃあ二十五年ぐれぇ前か。まだ佐吉《さきち》も梅之助も生まれる前の話だ」

雷三は、きれいに並んだ海苔巻きに目を落とした。


その頃の鳴神座を率《ひき》いていたのは、喜代蔵の父、鳴神万七《まんしち》だった。率いていたと言っても、役者と裏方合わせて十六人の小さな一座だ。今の鳴神座とは比べ物にならない。

だが、熱意だけは凄《すさ》まじかったという。

「今思えば、ありゃあ先生がつけた火だったのかもしれねぇな」

当時まだ三十手前の松鶴は、寝る間も惜しんで正本を書いていた。次から次へと新しい芝居を書き、稽古にも口を出した。座頭《ざがしら》の万七の芝居に文句をつけることさえあったという。怖いもの知らずな若き松鶴の逸話に、一座の雰囲気はさぞ悪かったのではないかと狸八は思ったが、雷三は首を横に振った。

「それがな、そうでもねぇんだ。ぶつかればぶつかるほど、芝居はよくなっていった。傍目《はため》にもわかった。たぶんありゃあ、先生の、ぶつかり方がよかったんだろうさ」

「ぶつかり方?」と、狸八は尋ねる。

「ああ。それが悪けりゃあ、鳴神座はとっくにばらばらになってたろうな。だが、あの頃、一座で一番芝居に命を懸けてたのは先生だと、皆わかってたからな。癪《しゃく》だから口には出さなかったが。その人がこうだと言う。この場面はこうでなくちゃならねぇと、つば飛ばして怒鳴るのよ。何のためにこう書いたと思っていやがる、ってな」

その様は容易に思い浮かぶ。歳をとってはいても、今も昔も松鶴は変わらないのだろう。

「小さな一座でも、俺たちゃどうにか食えていた。だから、それで満足しているもんがほとんどだった。だが先生は、江戸三座に並ぶことを掲げ続けて、書き続けた。あるときな、みんな気ぃ付いたんだ。この人には、もっと先の芝居が見えてるんだと。ずうっと先の、夢みてぇな芝居がな。だから俺たちを焚《た》きつける。道の先から振り返ってるからだ、ってな。だからみんな、走ることにしたのよ」

雷三は海苔巻きを頰張《ほおば》った。ゆっくりと咀嚼《そしゃく》し、湯呑の冷めた茶をすする。

その間に、当時のことを順序立てて思い出している風だった。

「その頃、喜代さんが言ってたんだがな、役者は自分の芝居がいいか悪いかなんて、よくわからねぇんだと。本当にいい芝居ができたと自分でも思えるのは年にほんの何回かで、そのほかは、まぁ悪くなきゃあいいかというところだそうなんだが、先生はそれを許さなかった。俺がこれだけやってんだから、おめぇらもそうしろと、何度も何度も言われたんだと」

雷三は小さく笑った。

「まあ、先生らしい言い分だがな。日に日に芝居がうまくなってることがてめぇでもわかったっつうから、やっぱり先生に火をつけられたんだろうさ」

その熱意に溢《あふ》れた若き松鶴の書き上げた渾身《こんしん》の作が、『雪中白狐華宴《はなのえん》』だった。

父狐を人間に討たれた白狐の兄弟が、仇《かたき》を討つために町へと下りてくる。人を騙《だま》し、人の娘と恋をし、やがて仇を見つけ、決闘へと至る。

仇討《あだう》ちを大きな山場としつつ、世話物の要素もちりばめられており、客は夢中になるだろう。だが、仇討ちの場面は雪の中だという。狐の衣裳《いしょう》もさることながら、大道具小道具もかなり凝ったものが要《い》りそうだ。

「宮地芝居で、そんな派手な芝居ができたんですか」

「ああ……」

呻《うめ》くような声は、肯定《こうてい》ではないだろう。雷三は苦い顔をしていた。

「できてたら、あの芝居はどんと跳《は》ねたろうよ。名も知れ渡ったに違いねぇ」

痩《や》せた背中を丸めるように息を吐く。

「役者が足りねぇから、母狐と人の娘は同じ役者がやった。それがまず客にうまく伝わらなかった。衣裳も鬘《かつら》も足りねぇからな。着るもんを替えるくらいじゃあ、暗い小屋の客には見分けがつかねぇ。死んだ父狐は天井から雪を降らしてるし、狭い舞台で、できる限りの立ち回りを演じたが、役者が血糊《ちのり》で滑って転んじまった……客は怒るか笑うかだ」

雷三は窓の外へと目をやった。

「あの日の先生の顔は、忘れられねぇよ」

『雪中白狐華宴』は、その日限りで終演となった。

松鶴は誰を責めることもしなかったが、代わりにひと月ばかり、ほとんど誰とも口を利《き》かなかった。ただ黙々と、次の芝居のために筆を執《と》っていた。その間、何を思っていたのかは誰にもわからない。皆、雪中白狐のことは口に出さなくなっていった。

それ以降、松鶴の書く芝居は少し変わったという。それまで熱に任せて書いていた芝居は破天荒《はてんこう》で、松鶴が夢見た芝居そのものだった。それが、鳴神座の人数や小屋の大きさを考慮した、こぢんまりとしつつも筋の通った話になっていった。

地に足の着いた芝居は、それまでの面白半分で覗いていた男客だけではなく、女客や老人、子供まで呼び込むこととなり、結果として鳴神座の人気は上がっていった。

「あの演目は、鳴神座にかかった呪いだと、喜代さんが言ってたろう?」

狸八は頷く。

「誰にとっても呪いなのさ。先生にとっても、あのとき舞台に立っていた役者にとっても、裏方にとってもな。一日だって忘れたこたぁねぇ」

なぜ、母狐と人の娘をもっと演じ分けることができなかったのか。

なぜ、立ち回りに工夫できなかったのか。

そもそも、今の小屋では無理だと松鶴を止めるべきだったのではないか。

「雷三さんにとっては、何が悔《く》いですか」

最後に生姜の漬け物を口に放り込み、雷三は指を舐《な》める。

「血糊と、雪だな」

「血糊と雪？」

「派手にするためとはいえ、血糊は量を使い過ぎた。だから役者が足を滑らした。雪も、半端なもんだった。今ならもっとうまくやれるだろうな」

それから、雷三は口を曲げて笑った。

「極楽へ行きてぇな」と。

大梯子を下りていくと、作者部屋の前の廊下に福郎と左馬之助、金魚の姿があった。

「狸八さん」と、金魚が手招きをする。

「雷三さんのところでしたか」

「ああ。雪中白狐について、一通り聞いてきた」

そう言うと、金魚の顔が強《こわ》ばった。

「あっしらもです。先生から」

「十郎さんたちの驚きようがわかったな」

「ええ」

福郎と左馬之助もこちらへ顔を寄せる。

「本は先生がお一人で書くそうだ」

福郎の言葉に、狸八は目を瞠《みは》る。

「お一人で？　六幕全部ですか？」

松鶴の両腕を務める二人は、呻くように頷いた。

「それだけ、先生にとって大事な芝居ということだ」

「話を聞くに、かなり派手になりそうだな」と、左馬之助も言う。

「そのようですね」

「五月か……間に合うだろうか」

福郎が天井に目を向けて呟くと、残る三人は互いに不安げな顔を見やった。正本や稽古のことだけではない。今の鳴神座に欠かせない人が、ここしばらく、小屋へ姿を見せていないのだ。

二、嵐

そもそも、今年の曾我物は出だしからよくなかった。

正月恒例の曾我物は、一月、二月、三月と、少しずつ芝居の場面が足されていく。一月のうちは曾我兄弟も、まだ仇討ちに出発してはいない。そのため、まだ幼い曾我兄弟と母との場面が多いのだが、その中で一つ、騒ぎが起きた。

二幕、稲荷町の若手役者たちにより演じられるのは、曾我兄弟が母と離れる場面だ。その場面に、馬が登場した。もちろん、本物ではない。馬の胴体と首とは張り子で作られ、それぞれ前脚と後ろ脚とを担《にな》う二人の人間がその中に入る。獅子舞《しし》《まい》のようなものだ。

黒い馬の脚を務める二人は黒衣の衣裳に身を包み、袖で馬の張り子を被《かぶ》って幕の開くのを待っていた。前脚は幕引きの欣五《きんご》、後ろ脚は風呂番の喜平太《きへいた》という痩せた男だった。

喜平太は馬の脚の役を頼まれて喜んでいた。元より芝居を見るのが好きで鳴神座へやってきたのだが、まさか舞台にまで上がれるとは、思いもしなかったのだろう。

腰が低くのんびりとしている喜平太は、お世辞にも仕事のできる男だとは言えない。そのため、狸八は稽古の頃から心配していた。上手《うま》くやれるだろうか。狸八もあとの幕に出るため、黒衣の衣裳に身を包み、袖で出番前の様子を窺っていた。

「喜平太さん、顔色がよくないですね」

「はは、顔色は、馬を被れば見えやしませんから」

いや、そういうことでは、と言いかけて、狸八はかける言葉を変えた。

「前脚の進むままに任せておけば大丈夫ですよ」

欣五は馬の役には慣れていると聞いた。喜平太は曖昧《あいまい》に返し、狸八はかえって不安になったのだが、案の定だった。

初日のことだ。初めて客の前に立ち、がちがちに固くなった喜平太は、舞台の上で派手に転んだ。体が前につんのめったのを必死にこらえようとして、被った張り子を引っ張ったものだから、欣五は後ろにのけ反《ぞ》り、尻もちをついた。馬は脚を前後にぴんと伸ばしたまま舞台に腹を打つような形になり、母親との涙の別れは笑いに包まれた。

荒れたのは曾我兄弟の兄、十郎を演じた日高虎丸《ひだかとらまる》だ。出番のあと、千鳥《ちどり》の柄の衣裳を纏《まと》ったまま、我を忘れて喜平太の首を絞めたのを、稲荷町の役者たちと裏方たちとで、必死に引きはがした。虎丸の上背《うわぜい》は六尺を超える。当然手も大きく力も強いものだから、喜平太の筋張った首には虎丸の手形がくっきりと残っていた。

皆、虎丸を止めたものの、怒っているのは同じだった。喜平太は役者ではない。だからこそ、役者の足を引っ張ることは許されないのだ。

すいません、すいませんと涙ながらに謝る姿に放っておけなくなり、狸八は喜平太を裏庭へ連れ出すと、その日一日稽古に付き合った。喜平太は、ほかの人に脚役を任せた方がいいと言って泣いた。

「代わりはいますよ。でも、それでは喜平太さんの居場所がなくなります」

いくら人手の足りない鳴神座でも、役目を果たせない者を置いてはおけない。

かつて金魚から言われたことが、自然と口をついて出た。さあ、と喜平太に稽古を促す。

「今のはよかったですよ。脚の動きが合いました。もういっぺんやりましょう。もういっぺん、もういっぺん、ですよ」

いくら稽古を積んでも、本番は別物だ。しかし、繰り返し稽古を積むことで、迷いと不安はなくなっていく。本番も同じだ。数をこなせば、周りも見えてきて落ち着いて演じられるようになる。

頬に涙の筋をつけたまま、喜平太は真剣に馬の脚の動きを繰り返した。

二日目はまだ危なっかしいところがあったが、三日目からは落ち着きが見えるようになった。少しずつ、心持ちに余裕が出てきたようだった。稲荷町の役者たちの機嫌も直り、狸八はほっと胸を撫で下ろす。

だが、一座にとっての一番の危機は三月に訪れた。

今年の曾我物の見せ場は、大詰の宴《うたげ》の席で起こる派手な立ち回りだ。曾我十郎と五郎の兄弟が、逃げ回る仇の工藤祐経《くどうすけつね》を追いかけながら掛け軸やら花瓶の花やらを切ると、それらの小道具が次々と真っ二《まぷた》つに割れるという仕掛けがある。

だがその前に、もう一つの見せ場がある。昨年の曾我物で人気を博した遊女の役を、今年も立女形《たておやま》の白河梅之助が演じることになったのだ。白地に藤《ふじ》の花が描かれた衣裳を纏った梅之助は、舞いながら見物席へ、上座《かみざ》の源頼朝《みなもとのよりとも》へ、工藤祐経へと流し目を送る。目の縁を彩《いろど》る紅《べに》と、細い指先の色っぽさといったらない。

梅之助が宴席の中央で艶《あで》やかに舞い、舞台に向かって左の下手《しもて》へとはけたあとで、上機嫌な祐経に、曾我兄弟が名乗りを上げて斬りかかる、という流れである。

狸八と金魚は梅之助と入れ違いに舞台へ出て、右近演じる祐経が喋っている間に、立ち回りの邪魔になりそうな小道具を素早く集めて戻るのが役目だった。そのため袖に控え、舞台の様子を見つめていた。

その日の梅之助は、舞い始めからどこかおかしかった。動きが鈍《にぶ》く、梅之助らしい滑らかさや色気が霞《かす》んでいた。見物席の方もあまり見ようとしない。

「梅之助さん、何かおかしくないか？」

袖で同じく黒衣姿で出番を待つ金魚に、そっと囁く。金魚も気付いているだろう。金魚が答えようとした、まさにそのときだった。客から逸らすように舞台後方へ向けられた梅之助の顔が、ひどく歪《ゆが》んだ。形の整った眉がいびつに寄り、白く美しい額には、玉の汗が浮いている。

まずい。

狸八はとっさに飛び出した。梅之助のすぐ足元に片膝をつくと、黒衣の衣裳の合わせを摑んでぐいとはだけた。

そこへ、ぼたりぼたりと、熱いものが降ってくる。ぷんと酸っぱいにおいが鼻を刺した。異変に気付いた源頼朝役の鳴神佐吉が、酔ったふりをして梅之助を隠すように踊る。その間に梅之助はさりげなく口元を拭うと、行け、と目で狸八に合図した。いつもの涼やかさの欠片《かけら》もない、必死の形相《ぎょうそう》だった。

狸八は胸元を広げたまま、走って袖に飛び込んだ。

「狸八さん、こっちへ!」

「よくやった狸八!」

「そのまま井戸まで走れ!」

控えていた道具方に言われ、頭が真っ白なまま、狸八は小屋の一階を駆け抜けた。裏庭で日向《ひなた》ぼっこをしていた大きな縞《しま》の猫が、飛び上がって逃げ出す。狸八は井戸で着物を脱ぎ、桶《おけ》にざぶざぶと浸《つ》け、自分も頭から水を浴びた。

「おえっ」

つられて気分を悪くして、何度もえづき、井戸の縁にしなだれかかる。

今のほんのわずかの間に何が起こったのか、わからないほど混乱していた。やがて、少しずつ頭がはっきりとしてくる。梅之助は大丈夫だろうか。戻らなければ。

ふらつく足で立ち上がったそのとき、わあっと歓声が聞こえ、狸八は涙目で小屋を見上げた。

梅之助は舞い終えると、袖に引っ込んだ途端に倒れたという。自分の出番は最後まで演じきったのだ。根性と呼ぶにはあまりにも強い信念に、狸八は感嘆するしかなかった。

狸八のしたことは、皆から褒《ほ》められた。吐いた物があそこにあっては、立ち回りの妨《さまた》げになる。舞台と衣裳を汚さずに済んだこともよかった。だが、狸八はそのあとしばらく食が進まなかった。

医者が呼ばれて梅之助を診《み》ている間に、裏方たちは中二階の廊下に集まっていた。帯をきつく締めすぎたのではないか、鬘がきつかったのではないかと、それぞれ自分の担うものが役者の体に負担をかけたのではないかと案じたが、衣裳方や床山と梅之助との付き合いの長さからして、それが理由でないことは、誰の目にも明らかだった。

道具方の一人が若狭屋へと走ったが、その日梅之助が口にしていたのは、皆と同じ巻き寿司だった。

つまるところ、原因はわからなかった。ただ、稽古に一切妥協しない梅之助の気性を鑑《かんが》みて、医者は疲れだろうと言った。春先のことだ。この時期は体の調子がおかしくなる者も多いからと、梅之助に養生《ようじょう》を勧《すす》めた。

梅之助は家へと運ばれ、残りの興行の遊女役は紅谷家の長男、孔雀が務めた。昨年秋の顔見世興行から孔雀の人気も高まっていたため、役者が代わったことに対する不満はそれほど多くなかったらしい。興行を仕切る頭取座の者が言っていた。

何より、孔雀の芝居はよかった。急に役を代われと言われても演じられるほど、普段から梅之助のことをよく見ていたに違いない。

皆、どうにかこの興行を無事に終えようと必死だった。楽屋や袖から聞こえる声は強張《こわば》り、言葉は棘《とげ》を持った。それゆえに諍《いさか》いが起こることもあったが、それらは梅之助がいないことへの不安の裏返しだと皆わかっていた。十郎や佐吉がそのたびに諫《いさ》め、どうにか千穐楽《せんしゅうらく》を迎えた。

しかしそれから半月、梅之助はいまだ小屋へ姿を見せない。

「先生は、なんだってこんなときにその、雪中白狐をやろうと思ったんでしょうか」

主《あるじ》不在の作者部屋で、狸八は問いを口にした。松鶴が十郎たちを集め、『雪中白狐華宴』をやると言ってから三日が経《た》った。松鶴もまた、それ以来小屋へは来ていない。家に籠《こ》もり、朝から晩まで筆を執っているらしかった。

そのため手持ち無沙汰《ぶさた》になったのが福郎と左馬之助だ。書いていた世話物の正本は結局すべて書き上げたそうだが、日の目を見るかどうかはわからなくなってしまった。

手の空《あ》いた二人は、狸八に作者部屋の仕事についての講義をしてくれることになった。いつもは左馬之助一人から教わっているので、福郎の話も聞けるのはありがたい。そう思い作者部屋へ行くと、どこで聞きつけたのか、銀之丞の姿まであった。当たり前のような顔をして、すでに金魚の席に着いている。

「こんなときに、というのは梅之助さんのことか」

福郎が尋ね返す。二つずつ向かい合わせに並んだ文机には、廊下側に狸八と銀之丞が、窓の側に福郎と左馬之助が座った。双方の間には火鉢《ひばち》があるが、近頃昼間は暖かいため、火は消えている。窓から差し込む光は柔らかく、主のいない上座の机を照らす。

「ええ。まだ寝込んでいると噂《うわさ》で聞きましたが」

梅之助は鳴神座の芝居に欠かせない役者だ。梅之助なしの興行など、狸八には考えられない。

「先生のおっしゃることはわかります。いい役者にいい小屋、いい裏方。俺はここへ来てまだ一年と少しですが、本当にそう思います。でも、梅之助さんが倒れたばかりのときに、こんな」

「そりゃ、わかってるからさ」

狸八の肩にぽんと手を置き、銀之丞は明るく笑う。

「梅之助さんはすぐ帰ってくる。あの人がそういつまでも寝てるわけがねぇさ」

そうは言われても、舞台の上で見た顔を思い出すと、只事《ただごと》とは思えない。あの梅之助が、隠しきれないほどに表情を歪めていたのだ。

「それならいいんだが、もし梅之助さんに何かあったら」

「おい狸八」と、向かいから咎《とが》めたのは左馬之助だ。

「めったなこと言うもんじゃねぇぞ。先生にも、縁起が悪りぃと叱られる」

「すみません」

いつも縁起の悪いことを言って松鶴から叱られているのは兄弟子の方なのだが、梅之助のこととなると、左馬之助もおいそれと口には出せないようだ。ふむ、と福郎は腕を組み、顎に手を添えた。

「雪中白狐の話の筋からすると、梅之助さんは白狐の兄弟の母か、兄と恋仲になる人間の娘か、どちらかになるだろう。先生が考えていないはずもあるまい」

「じゃあ、先生も梅之助さんが戻ってくるつもりで」

「まあ、そういうことだな。さて、無駄話はここまでだ」

狸八と銀之丞は背筋を伸ばす。その様《さま》に、左馬之助が大きな目を意外そうに瞬いた。

「銀もか？」

てっきり、話が終われば出ていくものと思っていたようだ。はい、と銀之丞は威勢よく答える。

「前に先生から言われたんですよ。おめぇは自分のことしか考えてねぇ、芝居の全体が見えちゃいねぇって。だから、芝居の全体のことを教えてもらおうと思って」

福郎と左馬之助は、ともに眉間にしわを刻む。

「そうは言ってもな、銀。これから狸八に教えるのは、芝居の組み立て方だ。お前が知って役に立つかどうか」

「舞踊《ぶよう》の稽古に出てきた方がいいんじゃないか？」

二階の稽古場では、踊りの師匠が来て舞踊を教えている。女形にとって舞踊は特に大事だ。体をしなやかに見せるためには、舞踊の動きが必要になってくる。

そのため、紅谷孔雀、朱雀から、稲荷町の藤吉《とうきち》、山瀬に至るまで、女形の全員と、若手の立役とが二階に集まっている。

「舞踊はまた師匠のところへ習いに行けばいいけど、福郎さんと左馬さんの話が聞けることはめったにないからなぁ」

銀之丞は顔の前でぱんと手を合わせる。

「ね、お願いしますよ」

そこまで言うならと、福郎は半ば呆れつつ、銀之丞の同席を許した。

「では狸八」

「はい」

「鳴神座の芝居は全六幕から成るが、一番大事な幕はどれだと思う。答えてみろ」

「それは、大詰、六幕ではないですか？」

深く考えることもなく答える狸八に、福郎は問い返す。

「なぜそう思う」

「それは……六幕が一番の山場ですし、それまで積み上げてきた話がまとまる幕でもありますから」

銀之丞も、隣でこくこくと頷く。

「そりゃあ終《しま》いは大事だよな」

「余韻《よいん》も残ります。観《み》終えて帰る客の心に残るのは、やはり六幕でしょう」

福郎は腕を組み、もったいぶった様子で頷いた。

「まあ、その通りだな。では、二番目に大事な幕はどれだかわかるか」

二番目、と狸八と銀之丞は同時に呟いた。六幕は確かにほかの幕とは違う。役者の顔ぶれも台詞《せりふ》の迫力も段違いだし、客の入りも一番だ。皆、六幕を見に来ているようなものだ。だが、それに次ぐ二番目と言われると、どれだろうか。急にわからなくなる。

銀之丞は五幕を挙げた。松鶴自らが書いている幕だというのもあるだろう。

「五幕から盛り上げていかねぇと、大詰がどぉんと跳ねねぇんじゃねぇか、福郎さん」

「役者らしい答えだな。役者はそうだろう。終わりに近づくほど、心の込め方が変わってくる。だが、違う」

福郎は、狸八にどうかと目で尋ねてくる。

「ええと、三幕ですか？ 役者の顔ぶれが変わるところで」

まだ言葉が途中なのに、福郎と左馬之助は二人揃って首を振った。

「違うな」

「三幕は、三番目に大事なところだ」

「答えは、一幕だ。第一幕」

え、と銀之丞が小さく声を上げた。狸八にとっても意外だった。一幕と二幕は、作者部屋では三番手の、三枚目と呼ばれる位の左馬之助が書いている。演じるのも稲荷町の若手役者たちで、朝早いために客の入りもまばらだ。

二人の驚く顔を交互に見て、福郎は顔の前に人差し指を立てた。

「一幕ってのは、話のとっかかりだ。誰が立役で、誰が敵役なのか。この芝居では誰と誰に注目すればいいかってのを、まず客に教えるんだ」

「なるほど」

「その上で、一幕で主役や敵役に降りかかる出来事を通して、客を徐々に引き込んでいく。『月夜之萩《つきよのはぎ》』では、主役の源九郎《げんくろう》と敵役の新右衛門《しんえもん》が再会すると同時に、諍いが起こったろう。あれだ」

思い返し、狸八はなるほど、と唸った。

「つまり、一幕で新右衛門が源九郎を憎んでいることを、わかりやすく書いているんですね」

「そうだ」

芝居のよさは役者の名前とともに語られることが多いため、後の幕の方が話題になりやすいが、正本だけを見てみれば、一幕目は確かに重要だ。だがそうなると、疑問も湧《わ》く。

先にそれを口にしたのは銀之丞だった。

「あれ、じゃあなんで、二番目に大事な幕を左馬さんが書いてるんです？　二枚目の福郎さんが書くのが筋なんじゃねぇの？」

「銀」

慌てて口ではたしなめたが、狸八も気になるところだった。左馬之助は怒る風もなく、あっけらかんとして笑う。

「そりゃあ、三幕四幕を書く方が、骨が折れるからさ」

「そうなんですか？」と、狸八は思わず問うた。

「ああ。本の筋は先生が決めて、俺たちには口頭で話す。俺は先生の話したことを頭から書いていけばいいが、兄さんは俺の書く本と、先生の書く本とを繋《つな》がなきゃあならねぇ。前に起こったことを踏まえ、このあとに起こることも踏まえて、その間に新しく起こることも書きながら、話を繋いでいくんだ。並大抵《なみたいてい》のことじゃねぇのよ」

狸八は深く感嘆のため息をついた。前の話と後の話の橋渡しをしていくわけか。今までそんなことを考えて芝居を見たことはなかった。この作者部屋という場所に縁がなければ、一生知ることはなかっただろう。

松鶴の右腕だということはわかってはいたものの、実際にその役目を知ると、急に福郎の丸い顔に威厳を感じるようになる。

「しかも、三幕から出てくる役者のことも考えて書くわけですよね」

狸八が問うと、福郎は胸を張るように体の前で腕を組んだ。

「そうだな。三、四幕に出て、五、六幕には出番のない役者もいる。先生のつくった話の筋をおかしくしないようにしつつ、なるべく出番も台詞も増やしてやりたいと思いながら書いてるよ。ほんの少しの出番だとしても、衣裳も鬘も仕立てるからな。客に見てもらわなけりゃ、もったいないないだろう」

なるほど、そうか。松鶴の言っていた、芝居全体を見渡す力とは、こういうことなのだ。銀之丞も、何かに気付いた風だった。

「じゃあ、頼んでも俺の台詞が増えないのは」

「それ以上銀が目立つと、話の筋に影響が出る、ってことさ。べつにお前が下手だからとかで台詞をやらないわけじゃない。目立っていい役と、目立たない方がいい役がいるんだ。そして、目立つ役を任せたい役者には、初めからそういう役を割り振っている、というわけだ」

銀之丞は目を天井に向け、ぽかんと口を開けた。

「だから先生は俺に、自分のことしか考えてねぇって言ったんだな」

芝居は、松鶴と福郎と左馬之助とが話し合い、それぞれの幕同士の兼ね合いと、その幕の中での流れと台詞とが、一番うまくはまるところを導き出している。そう簡単に、出番や台詞を増やしたりはできないのだろう。

「わかった」

まだ天井に目をやったまま、銀之丞はぽつりと呟いた。

「俺が台詞の多い役をもらおうと思ったら、話の筋を考えてるときにはもう、先生の頭の中に俺がいなくちゃだめなんだな」

「そういうことだな」と、福郎が応える。

「精々《せいぜい》、先生の心に残る芝居をしてくれ。いい芝居をした役者は、次の芝居で出番が増えることも多い。そういう役者を引き立てるように書くのは、先生も楽しんでおられるからな」

よし、と銀之丞は膝を叩いて立ち上がった。

「俺、今から舞踊の稽古に出てきますよ」

障子に手をかけて振り返る。

「舞踊だって、できた方がいいですよね？」

福郎は、ああ、と大きく頷いた。舞踊の上手い下手で、任せられる役が変わることもある。

「よし！　いっちょ先生に俺の成長を見せてやるか！」

そう意気込んで障子を開けた銀之丞の、その背中がぴたりと固まった。

「どうした？」

狸八は腰を浮かせ、銀之丞の肩越しに廊下を覗いて、同じように息を呑《の》んだ。横の壁に手をつき、今まさに大梯子を上ろうとしているのは、寝込んでいるはずの梅之助だった。

「梅之助さん」

掠《かす》れた呟きに、福郎と左馬之助までが席を立った。

淡い藤色の小袖は緩く着付け、深い紫の羽織を肩から掛けている。髪は下ろしたまま顔の横で束ね、輪郭《りんかく》を隠しているが、髪の間から覗くその頬は青白かった。梯子の段にかけた足の、裾から覗く足首の細さにぎょっとする。こちらに気付くと、梅之助は唇の端を歪めた。

「なんだい、揃いも揃って、幽霊でも見たような顔をして。俺が死んだと思ったかい」

兄さん、と銀之丞が飛び出し、体を支えようと手を差し出す。それを梅之助は叩いたが、力は弱々しかった。銀之丞は叩かれた手をじっと見る。

「兄さん」

「病人みたいに扱うんじゃないよ。これから稽古だってのに」

梅之助は大梯子の上へと顔を向ける。白い喉元が顕《あら》わになる。

「兄さん、まだ休んでた方がいいんじゃ」

先ほど、梅之助はすぐに帰ってくると豪語したのは銀之丞だったが、その姿を目の当たりにした今、同じことは言えなかった。

「先生が、たいそうやる気だそうじゃないか。俺なしで、先生の渾身の芝居とやらが、うまくいくと思ってるのかい」

一歩一歩、梅之助は段を上がる。銀之丞は梅之助の後ろにぴたりとついて、万が一よろけたときのためにと構えていた。

「俺がいなくなったところで、銀、おめぇに役が回るわけじゃないよ」

「そんなこと、思っちゃいませんよ！」

ははは、と梅之助は笑う。青白い顔の横には汗が一筋流れていた。先ほどまで静かだった小屋に銀之丞の声が響き、中二階の小道具方の仕事場から、何事かと鶴吉が顔を覗かせた。梅之助に気付いた鶴吉が暖簾の奥へと引っ込むと、途端に騒ぎになる。衣裳方や床山たちまで飛び出してきたが、廊下へ出たものの、梅之助の姿を見るとみな立ち竦《すく》み、声をかける者はいなかった。ただ口々に、立女形の名を呟く。

「まるで見世物だね」

梅之助は中二階まで上りきったが、まだ壁から手を離さなかった。自嘲《じちよう》するように笑ったところへ、二階から人影が下りてきた。

「何してる」

清流のように澄んだ声の主は、鳴神佐吉だった。すらりと高い背に、くっきりとして涼やかな顔立ちの佐吉は、どこにいても人目を引く。舞踊の稽古の最中に、階下の声を聞きつけたのだろう。緩く着付けた藍《あい》の小袖に灰の帯という出《い》で立《た》ちで、片手には扇を持っている。父の十郎よりもいくらか線の細い印象だが、男っぷりでは引けを取らない。佐吉は梅之助に歩み寄る。

「まだ家で寝ていろと、おやっさんに言われなかったか」

「少しは体を動かさないと、鈍《なま》って仕方ないのさ」

二人はともに鳴神座を支える役者の息子であり、ここで育った幼馴染《おさななじ》みでもある。梅之助の背から伝わっていた、刺すような気迫がいくらか和《やわ》らいだ。

「無理をするとあとで響くぞ」

「無理なんざしてないよ」

「めずらしいな。梅之助が焦るとは」

何気ないその言葉に、梅之助の背が張り詰めた。

「焦る？　俺がかい？」

低く問い返す。下から見えるのは佐吉の顔だけだ。梅之助がどんな顔をしているのか、思い描くことすら恐ろしい。狸八はごくりと唾を飲み込む。だが、佐吉の切れ長の目は相変わらず涼やかだった。謝りもせず憐《あわ》れみもせず、労《いた》わることすらせずに、ただまっすぐに目の前の幼馴染みを見ている。

「ああ。このところ、孔《こう》と朱《あけ》の人気が凄まじい。二人とも、お前の抜けた穴をうまく埋めてくれたからな。役者絵の売れ行きもいいそうだ。それでか？」

しばし間があった。

「佐吉」

その声色《こわいろ》には、怒りと落胆とが含まれていた。

「お前、俺を見くびるのかい」

銀之丞がのけ反るように体を引いて、一段降りた。刃《やいば》のような気迫が、こちらにまで向いていた。中二階の裏方連中にも、暖簾の向こうに隠れた者がいた。

佐吉は顔色一つ変えない。

「見くびっちゃいないさ。焦っていないならば休めと言っている。たとえひと月ふた月寝込んだところで、お前の立女形の座は揺るぎやしない。孔にはまだ荷が重すぎる」

嘲《あざけ》るように、喉の奥で梅之助が笑った。

「孔が聞いたら怒るよ」

「怒りゃしない。誰が見てもわかることだ」

佐吉の目と言葉とは淡々と、事実だけを伝えていた。梅之助をおだてているわけでも、紅谷孔雀を見下しているわけでもない。変わらぬ声と表情とが、梅之助の怒りを削《そ》いだらしかった。少しの間を空けて、

「踊りたかっただけさ。俺はただ」

そうぽつりと零《こぼ》す。狸八は梯子の下から、梅之助の続きの言葉を聞こうと身を乗り出したが、その肩を後ろからぐいと摑まれ、強い力で押しのけられた。

「悪りぃ、どいてくんな」

声の主を見上げ、狸八は慌てて端へ退いた。白河右近である。

「まだ起きるなと言ったろう、梅之助。さっさと帰《け》えれ。皆に余計な心配かけるんじゃねぇ」

重い足音を立てて上がっていく。入れ替わりに、銀之丞が鍋に張り付いた菜っ葉よろしく、壁に背を付けたまま、そろりそろりと下りてきた。梅之助は右近の

顔を見るなり、嫌そうに目を細めた。その目つきの鋭さに、銀之丞が肩をびくりと震わせて狸八にしがみつく。

狸八は以前、右近から、息子に対する思いを聞いたことがある。自分の子でありながら、どこか恐ろしい、と。

梅之助は口を真一文字《まいちもんじ》に結んだまま右近をじっと見ていたが、やがて目を閉じ、一つため息をついた。

「口うるさいのが出てきたようだから帰るよ」

佐吉に目をやり、それから中二階の裏方たちを見回す。

「騒がしたね。仕事があるだろう。戻っとくれ」

梅之助はまたゆっくりと一段一段降りながら、右近とすれ違う。二人は互いに何も言わなかった。

「おやおや」

梯子の下にいた狸八たち四人の顔を見て、梅之助は薄く笑った。

「先生がいないと、作者部屋はよほど暇と見える」

その直後、右近の怒りの声が降り注いだ。

「梅之助！　おめぇ、狸八に礼は言ったのか！」

右近の口から突然己《おのれ》の名前が出て、狸八は舞台の真ん中へ突き飛ばされたような心地がした。慌てて背筋を伸ばす。

「礼？」

「おめぇがぶっ倒れた日、狸八のおかげでそのあとの芝居を続けられたんだ。覚えてねぇのか。まずは狸八に礼を言いやがれ！」

「いや、俺はその」

礼など言われなくてもかまわないのだが。梅之助からの礼の言葉など、何やら恐ろしくて受け取れない。

こちらを見る梅之助に気圧《けお》され、狸八は体の前に出した両手と首とを同時に振る。

「たいしたことは、してません、から」

梅之助は片方の眉を撥《は》ね上げる。

「たまには役に立つこともあるようじゃないか」

「てめぇ！　小太郎！」

右近が怒鳴り、梯子を駆け下りたが、梅之助は振り返ることもなく、楽屋口から出ていってしまった。右近は楽屋口で深いため息をついたあと、小屋の者たちに悪かったと声をかけ、梅之助を追うでもなく出ていった。

狸八の耳には、その声がどこか遠くに聞こえていた。心の臓が、どくどくと痛いほどに鳴り、胸を押さえる。右近の口から出た名前が、ぐるぐると頭の中を回っていた。

小太郎。

今、小太郎と言ったのか。一瞬、自分が呼ばれたのかと思ってしまった。

「あの、小太郎というのは」

張り付いたままの喉で、福郎に尋ねる。

「ああ、梅之助さんの本名さ。白河梅之助の名は、七つか八つの頃についた名だから」

へぇ、と銀之丞が呟く。銀之丞も知らなかったようだ。

役者にも本名がある。当たり前のことなのに忘れていた。それに小太郎なんてありふれた名だ。誰の名であってもおかしくはない。おかしくはないのに、何か妙な心持ちだった。

あの人も、小太郎の名で生まれたのか。あの人が。

梅之助と右近の去った楽屋口を眺めていた銀之丞が、大きく息を吐いて梯子の途中に座り込んだ。

「なんだか、嵐が過ぎたみてぇだ」

本当にその通りだ。ほんのわずかな間に、大きな力のぶつかり合うのを間近で見た。狸八も福郎も左馬之助も、ぐったりとしていた。

「梅之助さんがあれだけやる気なんだ。俺たちももうひと頑張りするか」と、福郎が最初に作者部屋へと戻っていき、左馬之助が続く。

「ほら狸八、来い。銀は舞踊の稽古に早く行けよ」

はぁい、と返事をしたものの、銀之丞はまだ座り込んでいた。

「狸八、なにぼうっとしてる」

「は、はい。今行きます」

ちらりと大梯子の上を見ると、中二階はまだざわめいていたが、佐吉の姿はすでになかった。

松鶴が正本の束を抱えて作者部屋へ顔を見せたのは、その翌々日のことだった。実に五日で、松鶴は『雪中白狐華宴』の全六幕を書き終えたのだ。

深い紫の小袖に黒の羽織でびしりと決めた松鶴は、ほんの五日の間に痩せていた。顔がほっそりとし、目の下には青黒い隈《くま》があったが、目はらんらんと光っていた。弟子たちは皆、各々の机について松鶴を迎えた。

上座の机についた松鶴は、どかりと胡坐を掻くと、正本の束を福郎に渡した。

「回して読め。一息に書いたからな。おかしなところがあったら言え。これはまだ試しだ」

福郎は深く頭を下げ、まだ束ねてもいない正本を受け取る。

「拝見します」

「ん」

紙をゆっくりとめくる。皆、そわそわとした様子で福郎を見つめた。一枚一枚、読んでは裏返し、傍らに重ねていく。福郎の目は真剣だ。作者部屋には紙をめくる音と、時折誰かが唾を飲む音だけがしていた。墨《すみ》の匂いが少しずつ、部屋中に広がっていく。松鶴は腕を組み、静かに目を閉じている。瞑想《めいそう》でもしているかのようだった。

十数枚読み終えたところで、福郎は裏返して重ねた分を整え、表にして左馬之助に渡した。あれが第一幕だ。福郎は二幕目に取り掛かる。狸八に回ってくるのは最後だ。しばらくして、一幕の正本は金魚の手に渡った。狸八は焦《じ》れながら、金魚が一幕を読み進めるのを待った。

福郎が一幕を読み始めてから半刻近く経ち、ようやく狸八の手にも一幕の正本が回ってきた。

これが『雪中白狐華宴』か。

狸八は表紙をめくる。

本来、芝居の正本の台詞は、役名ではなく役者名とともに書かれる。横に線を引いて区切った上の段に役者の名が、その下に台詞が書かれるのだが、『雪中白狐華宴』は、役名の下に台詞が記されていた。松鶴は、まだ配役を決めかねているのかもしれない。

舞台は、諏訪《すわ》の山中から始まった。狐の兄弟が戯《たわむ》れるように剣術の稽古をしている。名は珂雪《かせつ》と六花《りっか》という。珂雪は純白の雪のことを、六花は雪の一片の中にある花のことを、それぞれ意味している。

「太刀筋《たちすじ》がよくなってきたではないか」と、兄の珂雪が言う。

「どれ、少し休もう」

「なんの、兄上、俺はまだまだ疲れてなどおりませぬ」

弟の台詞を見るに、まだ年端《としは》も行かぬ子狐《こぎつね》なのではないかと思われた。兄弟が休んでいるところへ、母狐が現れる。母狐の八雲《やくも》は、休む兄弟を叱りつつ、人間に討たれた父狐、暁《あかつき》の無念を語る。

そして、早く仇を討てと兄弟を山から追い立てる。

「冬の間は人も動かぬもの。仇の行方も容易に知れよう」

厳しい母のようだ。兄弟は母の言葉に応え、急ぎ支度を整えると、山を下りていく。

二幕の正本はまだ金魚が読んでいる最中だ。狸八はもう一度正本を頭からめくった。狐の兄弟は誰になるのだろう。一幕二幕は稲荷町の役者が演じる。稲荷町は主だった役につく役者がある程度決まっているため予想はつくのだが、三幕からが悩みどころだ。

仇討ちという話の重みや、昔の鳴神座に縁のある芝居だということ、松鶴の力作であるということを考えると、兄弟は鳴神十郎、佐吉の親子が演じるのが筋だろうが、二人では迫力がありすぎるようにも思える。

兄弟は仲が良く、弟の方がまだ子供らしい一面を持っている。自然と、狸八の頭には紅谷家の兄弟の顔が浮かんだ。兄の孔雀は二十一、弟の朱雀は十七になった。女形もこなす二人は線が細く、身のこなしも軽やかで、狐の衣裳や化粧も映《は》えるように思うのだが、主役を演じるのはまだ早いのだろうか。

そこまで考えて思い直す。紅谷兄弟が出るとしたら三幕からだ。三幕の時点では、何年か経ち、狐の兄弟が大人になっていることもある。頭を読んだだけでは、まだわからないのだ。

隣の机で、金魚が二幕の正本をとんとんと揃え、渡してくる。受け取り、狸八はまた紙をめくる。

二幕は、場が麓《ふもと》の村へと移る。旅人に扮《ふん》した兄弟は、村人に尋ねて回る。

「頬に刀傷のある吉弥《きちや》という男を知らないか。剣の腕の立つ男だという」

それが憎き父の仇の名だ。

人を捜すなら町へ行ったらいいと言われ、兄の珂雪はすぐさま村を発《た》とうとするが、弟の六花は、腹が減ったという。二人は馬を驚かせて騒ぎを起こすと、村人の蓄《たくわ》えを盗んで森へと消えた。

三幕、狐の兄弟が訪れたのは、大きな宿場町だった。行き交う人は多く、華やかで、いい匂いがあちこちから漂ってくる。狐の兄弟は人の町に魅了されたらしい。人に化《ば》け、盗んだ金で遊ぶうち、兄の方は遊女とねんごろになる。弟が兄を諭《さと》すが、聞く耳を持たない。

読んでいた狸八は、知らず知らずのうちに眉を寄せていた。

「どうした、しかめっ面して」と、向かいの左馬之助が尋ねてくる。

「あ、いえ」

己と弟の境遇を思い出して、とは言えず、狸八は顔を隠すように正本を持ち上げて続きを読んだ。

やがて、兄の夢には母狐が現れる。息子の体《てい》たらくを嘆き、父の恩と無念を忘れたかと、激しく叱る。飛び起きた珂雪は、遊女に別れを告げた。

四幕では、その間の弟狐、六花のことが描かれる。初めはきらびやかな町に浮かれていた六花だが、目的を思い出すのは兄よりも早かった。町の人にそれとなく聞き込み、仇の行方を突き止める。仇の吉弥は流れ者で、その腕を見込まれ、賭場《とば》の用心棒をしていた。六花はそっと近付く。兄が人間の娘に骨抜きにされている。己一人でも、仇を討たねばならない。

大詰まで読み終えた福郎は、しばし机の一点を見つめていたが、やがて深く息を吐くと、腕組みをして目を閉じた。松鶴と同じ格好だ。

今まさに最後の幕を読んでいる左馬之助は、唇を嚙《か》んでいる。何があるのだろうか。

「狸八さん、どうぞ」

金魚が囁くように言い、五幕目を渡してくる。

珂雪は六花と再会した。仇討ちに対する覚悟を確かめ合い、吉弥を見張るうち、二人は吉弥と賭場の娘の会話を盗み聞くこととなる。

「あんた、諏訪の化け狐を斬ったそうじゃないか」

娘の言葉に、吉弥は返す。

「斬らねば、人の子が死ぬところであった。何も好《この》き好んで斬ったわけではない」

それを聞いた六花は激昂《げっこう》する。今にも飛び出していきそうな六花をなだめ、珂雪はひとけのないところまで連れて行くと、来る日のためにと言い聞かせ、剣術の稽古に励んだ。

ついに最後の幕だ。手にした正本は、端の方がしわだらけだった。読んでいるうちに皆力が入り、握りしめたのだ。

読み終えた金魚は神妙な顔をして、膝の上で手を揃えていた。左馬之助は唇を嚙んだまま、思案するようにぎょろりとした大きな目を天井に向けていた。

狸八は正本に目を落とす。乱れた字は、松鶴の筆が急いだことの証《あかし》だ。

夜明けの時分、兄弟は道で仇を待ち伏せる。やってきた吉弥に名乗りを上げ、互いに刀を抜くと斬り合う。その中で、六花が珂雪を庇《かば》い、大きな傷を受けてしまう。

卜書きには、血飛沫《ちしぶき》や、血を流す、という言葉が何度も出てくる。壮絶な戦いであることがわかる。

吉弥も傷を負うが、背後に倒れた六花に気を取られた珂雪は、首に刃を受ける。おびただしい量の血、と卜書きにはある。二十数年前、この血糊で役者は足を滑らせたのだろう。

「許せ」という言葉を残し、吉弥は去った。吉弥もまた深手を負い、足を引き摺《ず》りながらの退場である。珂雪はすでに絶命している六花の上に覆いかぶさるようにして、弟を抱きしめる。

人を仇と憎み、人の娘を愛し、迷いながら刀を取った珂雪はやがて息絶え、二人の上には雪がしんしんと降り積もっていく。

読み終えた狸八は、しばらくの間ぼうっとしていた。紙をめくる音の止《や》んだことに気付いた松鶴が、目を開ける。

「終わったか」

「は、はい」

顔を上げた拍子に頬に流れた涙を拭う。松鶴は弟子たちを見回した。

「どうだ。おかしなとこはあったか」

「いい話でした。鳴神座の看板に相応《ふさわ》しい本です」

初めに福郎がそう言うと、残りの者も続いた。

「素晴らしかったです」

「あっしも、胸を打たれました」

「俺もです」

弟子たちの言葉に、松鶴は呆れたように息を吐いた。

「褒めてばかりいねぇで、おめぇら、言うことがあるだろう」

数拍置いて、福郎が問う。

「配役のことですか」

松鶴は頷いた。

「決めきれねぇまま書き始めた。なにせここには、いい役者が多くてな」

ふ、と笑う。ここまで立派になった鳴神座を誇り、昔の鳴神座を懐かしむような笑い方だった。

「十郎や喜代蔵さんとも話すが、おめぇらにも聞いておきたい。誰がどの役に適任か。おめぇからだ」

松鶴は火の点《つ》いていない煙管《きせる》で福郎を指す。

「珂雪と六花は、十郎さん佐吉さん親子が演じるのがいいと思いました。座元親子が演じるとなれば、演目の格が上がります。鳴神座の看板として掲げるのであれば、それがいいかと」

「なるほどな」

一つ頷き、福郎は続ける。

「仇《あだ》は右近さん。母狐には八郎さん、遊女に梅之助さんがよろしいかと」

重厚な布陣だ。けして間違いのない布陣とも言える。どっしりとした芝居が目に浮かぶようだ。狐まで虜《とりこ》にする遊女、というのも、梅之助に合っている。

松鶴は福郎の挙げた名を、さらさらと紙に書き取っていく。

「左馬は」

はい、と答えて、左馬之助が口を開く。

「俺は兄さんとは少し違うんですが」

「言ってみな」

左馬之助の案では、白狐の兄弟は佐吉と橘《たちばな》新五郎《しんごろう》だった。初めて新五郎の名が出てきた。一座の中では中堅で、立役から敵役までこなす器用な役者だが、主役級の役はまだ少ない。

「ふむ、新五郎か」

「仇は十郎さんがいいのではないかと」

「十郎に敵役とな」

「大詰を鳴神親子の斬り合いにするというのも、客を呼び込めるかと思いまして」

その手もあったかと、福郎が唸った。

「遊女に梅之助さんというのは、兄さんに賛成です」

頷いて、松鶴は金魚に目をやる。

「次」

「はい。あっしも兄さん方と同じで、遊女は梅之助さんのほかにいないと思います」

狸八も思わず頷く。その配役はもう決まりなのではないだろうか。

「狐の兄弟が若い方がいいという、左馬兄さんの言うこともわかります。兄の方は佐吉さんだと思いました。ただ、そうすると六花が……孔雀さんではいかがでしょうか」

「佐吉と孔雀か」

「はい」

孔雀は身のこなしがしなやかで、立ち回りも美しい。佐吉と孔雀の兄弟役を見てみたいのだと金魚は言った。なるほど、その気持ちはよくわかる。金魚はさらに、仇に右近を、賭場の娘に朱雀を挙げた。

「母狐は」

問われて、金魚は唸る。

「やはり八郎さんでしょうか」

「ん」

金魚の挙げた名を書き取り、しばし眺めたあと、松鶴はこちらへ目を向けた。

「狸八は。おめぇも、遊女役は梅之助か」

「はい、梅之助さんしかいないかと」

そう答えると、松鶴はにっと笑った。立女形の梅之助に対する、作者部屋からの揺るぎない信頼を見て取ったのだろう。

「ただ、梅之助さんは母狐役も似合うように思ったので、迷ったのですが」

「それはたしかにそうだ」と向かい側から言ったのは福郎だった。

「八郎さんの芝居は優しい。本の、この母狐の厳しさや激しさを思うと、俺も梅之助さんの顔が浮かんだよ」

左馬之助も頷く。

「わかりますよ。梅之助さんが二人いたらと思います」

弟子たちの言葉を聞いていた松鶴が、喉の奥でくつくつと笑った。

「母狐と遊女の二役はだめだ。縁起が悪りぃ」

たちまち弟子たちは凍りつく。そうだ、宮地芝居の頃に、母狐と遊女を一人の役者が二役でやってうまくいかなかったのだ。思い出させてしまったらしい。思わず黙り込むと、松鶴に促された。

「兄弟は誰だ」

「ええと」

一瞬言《い》い淀《よど》む。これまで兄弟役としては出ていない名だ。

「俺は、孔雀さんと朱雀さんがいいと思ったのですが」

書き留める松鶴の筆がぴたりと止まった。

「孔雀と朱雀？」

「はい」

福郎と左馬之助が怪訝《けげん》な顔をしている。その目にいたたまれなくなって思わず俯くと、松鶴は顎をしゃくった。

「いいから続けな」

「は、はい。その、正本を読みながら聞こえてきた台詞の声が、孔雀さんと朱雀さんの声に聞こえたんです」

「声、か。なるほどな」

「十郎さんや佐吉さんでは、いささか迫力がありすぎるのではないかと」

福郎がむっとした顔をした。

「あの二人なら、声の出し方はいくらでも変えられる。それに、仇を右近さんにすれば釣り合いが取れるだろう。孔雀さんと朱雀さんは女形として使った方がいい」

「福郎、最後まで聞け」

諌《いさ》められ、福郎は口を噤《つぐ》んだが、刺すような視線が痛かった。

「で、狸八。仇は」

「仇は、十郎さんか右近さん、岩四郎《がんしろう》さんだと思ったのですが」

「なんだ、はっきりしねぇな」

「すみません」

これは本当にわからなかった。繰り返し本を読んでも、迷うばかりだったのだ。

「狸八、佐吉さんはどうする。鳴神座の芝居で鳴神家の役者が敵役だけとは」

不満そうに福郎が言った。

「それは、そう、ですよね。福郎さんの言った配役の方が、鳴神座の看板としては相応しいと思います」

「当たり前だ」

福郎は険しい顔で腕組みをした。金魚がはらはらとして福郎と狸八とを交互に見ている。左馬之助も心配そうだ。

ことりと音を立てて松鶴が筆を置き、弟子たちを見回した。

「あいわかった。これから十郎と喜代蔵さんとも話して、配役を決めて書き直す。呼んだらまた集まれ。いいな」

そう言うと、松鶴は正本の束を脇に抱え、作者部屋を出ていった。元になっているのが昔の鳴神座の頃の本のため、登場人物が少なく、今演じると役者が余ってしまう。もう一度配役を考え直しながら、新しく役を作り、場面を増やし、話を整えていくのだろう。

松鶴のあとを福郎が追っていき、何事か話している。どうやら食事の心配をしているようだ。松鶴行きつけの料理屋の菊壱《きくいち》や、若狭屋から届けさせると言っているが、松鶴が所望《しよもう》したのは羊羹《ようかん》のようだった。

左馬之助が足を崩し、大きく息をして肩に手をやった。疲れたな、と笑う。狸八はまだ正座をしたまま、俯いて言った。

「すみません、若輩者《じやくはい》が、考えなしに、その」

「はは、気にするこたぁねぇ」

あっけらかんと左馬之助は言った。

「配役ってのは難しいんだ。なにぶん、誰にすれば正しい、当たりだってことがねぇ。他にいねぇってんで、苦し紛れに当てはめた残りの役が当たり役になることもあるしな。まぁ、それは役者の方の腕や気合いの入れようでも変わってくるから、作者部屋の俺たちにゃ、そこまでは考えられねぇし」

「そういうことだ」

戻ってきた福郎がそう言い、後ろ手に障子を閉めた。

「さっきはすまなかったな、狸八」

「いえ」

頭を下げる狸八の脇を通り、福郎は自分の席に着く。

「孔雀さんと朱雀さんは、よそでならもう立派に主役を張れるだけの人なんだが、なにせここは鳴神座だからな。俺としては、鳴神家に花を持たせたかった。先生と因縁《いんねん》のある芝居なら尚更《なおさら》だ。何が何でも当てたいしな」

「わかります」

「兄さんの配役は、手堅《てがた》いところでしたね」と、左馬之助も言う。

でも、と狸八は深く息を吐く。感嘆のため息だ。

「誰の配役の案も、不思議と目に浮かびました」

鳴神家の親子が仇の右近に挑む様も、十郎と佐吉とが、仇討ちをする側とされる側とに分かれて斬り合う様も、容易に目の前に広がった。金魚の出した、兄弟を佐吉と孔雀が演じる案は、どちらもうりざね顔の美丈夫《びじょうふ》だ、さぞや優美な白狐になることだろう。

福郎と左馬之助と金魚とが、一斉に腕組みをして唸った。

「そうなんだよなぁ」

体をひねりながら、三人とも心底困り果てたように声を漏らす。

「そうなんですよ」

「だから迷うんだ」

「先生もおっしゃってたが、本当に、いい役者揃いになったから」

うれしい悲鳴というやつか。苦笑する福郎の横で、左馬之助が言った。

「狸八の配役も悪くなかったぜ」

「そうですか?」

「ああ。ただ、あまり若いので真ん中を固めちまうと、夏興行みてぇになっちまうからなぁ」

夏興行とは、七月に若手の役者だけで演じる芝居のことだ。鳴神座では、作者部屋も裏方も頭取座も、親方衆は休みを取り、興行全体を若手だけで取り仕切るのが慣例となっている。

たしかに、若い役者ばかりが舞台に立っている様を思い浮かべると、夏興行のように見える。たとえ若手の人気があったとしても、客は重鎮《じゅうちん》たちも見たいのだ。

「なるほど、たしかにそうですね」

「だろう？　そこは差をつけねぇとな」

「これは決まるまでが一苦労だ」

福郎がのそりと立ち上がって帰り支度を始めると、ほかの者もそれにならった。

「揉《も》めますかね」と、左馬之助が尋ねている。

「どうだろう。十郎さんと喜代蔵さん次第だが、場合によっちゃ、嵐になるかもしれないな」

嵐。その言葉に、狸八は先日の梅之助を思い出す。梅之助の配役については、作者部屋の意見はまとまっていた。だが、肝心の梅之助の具合はどうだろうか。

「狸八さん、あっしらは若狭屋へ食べに行きましょうか」

金魚も少し疲れた様子で見上げてくる。

「ああ」

「それから、もう少し配役について話したいです。もちろん、ほかの人に知られないように」

金魚の目はきらきらとしていた。これは話が尽きそうにない。今夜は狸八も作者部屋に布団を運ぼうかと考える。

「そうだな。銀には特に気を付けよう」

「そうしましょう」

あいつに知られたら面倒だと、福郎や左馬之助まで笑う。松鶴は銀之丞のことももちろん頭にあるだろうが、台詞の多い役につけるかどうかはまだわからない。

窓の外は茜色《あかねいろ》に染まりつつある。鳴神座へ来て二度目の春は、一度目とは違う景色で進んでいった。

三、紅《あか》と白

もう七日が経ち、松鶴は正本をまた一から書き直し、再び鳴神座へやってきた。配役も決まったようだ。ここからは役者ごとの台詞を書き取った書抜《かきぬき》と呼ばれるものをつくるのだが、狸八は相変わらず蚊帳《かや》の外だった。書抜は福郎、左馬之助、金魚の三人が書いた。

その三人は書抜を書いている間中、狸八を見ると、何か言いたそうな顔をしていた。新しい正本に何かあったのだろうか。

役者や裏方たちを集めて演目と配役を伝える寄り初めの日まで、狸八は教えてもらえないのが常だから、じりじりとした心持ちで、ただひたすらにその日を待った。

花祭りも終わった四月半ば、二階の稽古場に役者と裏方衆の全員が集められた。去年の秋から奈落番が増え、元は漁師の屈強な男が一度に八人も足されたために、稽古場はやや窮屈《きゅうくつ》になった。奈落番たちは後ろの者が見えなくなるといけないからと、肩をすぼめて奥の方に陣取っている。

真ん中の、舞台を模《も》した板の間を挟み、座元、頭取座、作者部屋の者が上座に、そのほかの者は下座に並ぶ。もう何度目かの光景だが、役者たちの並ぶ様はいつ見ても壮観だ。だが、今日はいささか役者方の迫力が足りないように思えた。梅之助はまだ戻ってきていない。

「皆、揃ったようなんで始めるぞ」

松鶴が口火を切る。

「次の演目は、『雪中白狐華宴』という。昔一度だけ、鳴神座でやったことのある演目だ」

松鶴は皆の顔を見回すと、口元を歪めて笑った。

「一度っつったって、ほんの一日よ。何があったかは古い連中に聞きな。俺ぁ、口にするのも忌々《いまいま》しい」

昔の演目と聞いて微《かす》かにざわめいていた下座の面々が、しんと静まり返った。

「喜代蔵さんたちとも話してな。生きてるうちに呪いは解こうじゃねぇかと、な。もう悔いは残したくねぇ歳なんだ。いいかおめぇら、心して聞けよ」

松鶴は芝居の筋を語り始める。台詞の読み上げには福郎と左馬之助も参加し、それぞれに声色を変えて演じ分けている。

話の筋に大きな変更はないようだ。ただ、白狐の兄弟が初めに立ち寄り、騒ぎを起こして盗みを働く村や、その次に訪れる華やかな町の登場人物が増えている。遊女の元に入り浸る珂雪《かせつ》の夢に出てくるのも、母狐から死んだ父狐へと変わり、その分、母狐の出番はあとに回されていた。

最後の幕の、折り重なって兄弟が死にゆく様には、早くも涙ぐむ者もいた。

読み終えた松鶴たちに、狸八は茶を出す。寄り初めの日に茶を淹《い》れるのは、すっかり狸八の仕事になっていた。今はもうぐらぐらと煮立てた苦い茶を出すこともない。

ぬるめの茶を一息に飲み干して、松鶴は湯呑を、音を立てて端に置く。

「そいじゃあ、お待ちかねの配役だ」

役者たちの目の色が変わる。皆、正本の筋を聞き、話のよさはわかっただろう。何の役が自分にあてがわれるのか、期待もあれば不安もある。

初めに一、二幕を演じる稲荷町の役者が順に読み上げられる。配役は順当なものだった。まずは珂雪に日高虎丸、弟の六花《りっか》に市之助《いちのすけ》。二人の実力は拮抗《きっこう》しており、体格で勝る虎丸が兄役に配されたのだろう。母狐には稲荷町で一番の女形、藤吉があてられた。残りの役者は、ほとんどが二幕の村人役を演じることとなった。

そして、いよいよ三幕目からの配役へと移っていく。皆の目が、松鶴の手元の紙へと集まる。

「珂雪。紅谷孔雀」

淡々とした声に息を呑んだ。狸八だけではない。そこかしこからその微かな音が聞こえた。何より、孔雀本人が驚いている。

「弟、六花。紅谷朱雀」

朱雀も形のよい目を真ん丸に見開く。並んで座っていた紅谷の兄弟は無言のままに顔を見合わせると、上座に向かって深く頭を垂れる。孔雀の総髪《そうはつ》に結った長い髪が、肩口から前へと流れた。

「吉弥。鳴神佐吉」

「はい」

佐吉が敵役だ。これもまた多くの者の予想を外れた。その次もそうだった。

「母狐、八雲。白河梅之助」

弟子たち全員の意見が一致した遊女の役に、松鶴は梅之助をあてなかった。間が空いた。応える者はいないが、代わりに右近が大きな目をぎょろりと松鶴へ向けた。頷くのに合わせ、松鶴もまた頷き返す。

「はいよ」

声は、二階への上がり口からだった。皆の目が、今度は一斉にそちらへと注がれる。

梅之助が腕組みをして、上がり口の柱にもたれて立っている。先日、小屋へ現れたときよりも、顔色はいくらかよくなっているが、まだ本調子ではないようだ。右近だけが顔を正面に向けたままだったが、何も言わないところを見ると、起き上がっても無理がない程度には快復《かいふく》しているのだろう。

「おう、いつからいた?」

松鶴が尋ねる。

「先生たちの芝居は聞いてたよ」

「こっちきて座れ」

「ここで勘弁してくださいよ。そっちは見るからに暑苦しい」

「体はもういいんだろうな」

「ほどほどに」

「おめぇがいなくちゃ話にならねぇ。頼むぞ」

「ええ」

手厳しい狂言作者からのこの上ない賛辞を当然のことのように受け止め、梅之助は柱に背を付けたまま、するすると腰を下ろした。その様子に、松鶴は目をすっと細める。

「続けるぞ」

場が落ち着くのを待つように、一旦言葉を切る。

「遊女、常盤《ときわ》。三津寺《みつでら》山瀬」

一瞬、稽古場がしんとした。

「は、はい！」

信じられないといった面持ちで、山瀬は上座に目を移す。一、二幕目はこれといった娘役がなく、名を呼ばれなかったものだから、出番がないとふてくされていたのかもしれない。今呼ばれたのは本当に自分だったかと、周囲の者に訊いている。

「女形が、いつもよりいるんだ」

松鶴はゆっくりとそう言うと、同じ稲荷町の藤吉に目を向けた。女形としても人気の孔雀と朱雀を立役にしているため、いつもとは布陣が変わるのだ。藤吉は一、二幕目で母狐の八雲を演じることになっている。

「藤吉」

稲荷町一番の女形の名を、松鶴はことさら丁寧に呼んだ。

「おめぇを常盤にしちまうと、稲荷町で八雲を演《や》れるもんがいなくなる。山瀬にゃ、母狐の迫力はまだ出せねぇだろう。わかるな。腐るなよ」

「もちろんです」と、藤吉は答えた。

「梅之助さんと同じ役ができるんです。誉《ほまれ》ですよ」

それから、松鶴は山瀬に目を向ける。

「そういうことだ。次の芝居では、また初めの幕に戻るかもしれねぇ。だが、そうとも限らねぇ。この芝居次第だ」

いい芝居をすれば、次の本で出番が増えることもある。山瀬の顔が引き締まった。

「機ってのはそうそう来ねぇ。頭も運も使い果たして、摑めよ」

「はい！」

山瀬は自分の両手をじっと見つめたあと、笑みの浮かぶ口元を隠すように、顔をごしごしと擦っていた。

複雑な顔をしていたのは銀之丞だ。

女形が足りないのはわかる。だが、それならば出番の多い遊女役は、自分に回ってくるのが筋ではないだろうか。眉間のしわと歪めた口と、傾けたまま固まってしまった首とがそう言っている。

だが、遊女役でないということは、久しぶりに男の役なのかもしれない。立役を目指す銀之丞としては願ってもないことだ。そのためか、疑問と不満とが入り混じったおかしな顔で、急かすように松鶴を見ている。

父狐の暁には鳴神十郎があてられた。先ほど松鶴の語った筋では、父狐は珂雪の夢の中にしか出ないはずだ。十郎の出番がこれほどまでに少ないのは異例ではないだろうか。

狸八は囲炉裏《いろり》端から作者部屋の面々に目をやる。視線に気付いたか、振り返った金魚が神妙な顔をして頷いた。

松鶴は次々に配役を読み上げる。

町で兄弟が腰を据える宿の主人に紅谷八郎。番頭に鳴神岩四郎と、近所のご隠居役には鳴神喜代蔵だ。

続いて常盤のいる見世の者に、雲居《くもい》長三郎《ちょうさぶろう》と橘新五郎。長三郎は小太りで丸顔の中年の役者だ。顔つきは優しく、芝居の幅は広い。遊郭の主人にはお誂《あつら》え向きだろう。新五郎の方は背が高く、骨ばった顔をしており、立役もこなすが遊郭の男衆も似合いそうだ。

仇の吉弥が用心棒をしている賭場で働く娘は二人だ。雲居竜昇《りゅうしょう》と月島銀之丞である。主に吉弥と話す場面があるのは竜昇の方だ。竜昇が女形とはめずらしい。少なくとも、狸八がここへ来てからは初めてのことだ。年の頃は二十三と佐吉や梅之助と近く、背が高くひょろりとしていて、鼻が高く顎は張っている。化粧映えする顔だが、女形となるとどうなるのだろうか。声にも癖がある。

銀之丞は、名前が呼ばれると威勢よく返事をした。だが、その声にわずかに落胆の色が含まれていることに狸八は気付いた。

もしやもしやと思っていたところに、結局また娘の役が来た。台詞の数は山瀬よりも少ないだろう。いったい何のために稲荷町を出て中二階にいるのかと、そんなところだろう。

賭場の用心棒には、吉弥役の佐吉のほかにもう一人、白河右近の名前もあった。右近の用心棒ならば迫力は折り紙付きだが、敵役でないのもまためずらしい。

すべての役者の名を読み上げると、松鶴は紙を置き、向かい合う鳴神座の面々の顔を見渡した。

「今回の配役にゃあ、驚いた者もいるだろう。しかし、納得がいかねぇってわけでもないだろう。違うか？」

見回して、ふっと笑う。

「十郎と喜代蔵さんに許しをもらってな、今度の芝居は、真ん中を若い役者で固めることにした。この芝居にはな、若さと熱がいるのよ。なんでかわかるか？これを書いたときの俺が、そうだったからだ」

とんとんと、松鶴は本を指で叩く。元は二十五年前の松鶴が書いた本だ。小屋の狭さにも、役者や裏方の数にも構わずに、ただ一心不乱に、自分のやりたい芝居を書いたのだ。

「あの頃の十郎が、今の佐吉ぐれぇだったか」

「ええ」と、十郎が応える。

「右近は梅之助とはまるで違ったが」

松鶴の言葉に何人かがにやりと笑った。

「それでも若いってのは、それだけで綺麗《きれい》なもんなのよ。わかるだろう。光るんだ」

狸八はその言葉を嚙みしめる。佐吉も梅之助も、孔雀も朱雀も、みな、内側から光を放っている。だから人を惹《ひ》きつける。その一端が若さにあるというのは間違いない。鳴神座の行く先が、光の中に見えるのだ。

「夏芝居みてぇだと思う者もいるだろうが、この芝居は若さと熱でやりきりてぇんだ。それと、光る絵巻のようにしてぇ」

絵巻、と狸八は小さな声で呟いた。松鶴が立ち上がり、下座後方に並ぶ裏方たちへ向けて言う。

「六幕は特にな、ずっと雪ん中だ。舞台中を真っ白にしな。源治郎、雷三さん。頼んだぞ」

へぇ、と大道具方棟梁の源治郎と、雷三とが声を揃えた。源治郎は大きな体を丸めるように頭を下げる。

「春鳴」

「はい」

衣裳方をまとめる春鳴が、役者たちの後方で答える。勝山髷《かつやままげ》に女ものの桃色の小袖を纏い、人の集まるこの場でも目立つ。

「白狐の兄弟の衣裳は、ありったけ豪勢にしちまってかまわねぇ。どこにいようと目を引くようにな。それだけだ。あとはおめぇに任せる」

「恐れ入ります、先生」

春鳴は恭《うやうや》しく、目を閉じて礼をする。

「雪景色の中の白狐だが、客から見えなくちゃあ意味がねぇ」

「そりゃあ、もちろんそうでしょう」

「うまくやってくれ」

「任せてくださいな」

笑みを湛《たた》えて答えつつ、春鳴はなにか戸惑ったような様子も見えた。

役者それぞれに書抜を配り終えると、十郎がみなの士気を煽《あお》り、寄り初めはお開きとなった。年嵩《としかさ》の者からぞろぞろと梯子を下りていくのを尻目に、狸八は囲炉裏の後片付けをする。余った茶を湯呑に注ぐと、明日からの稽古の妨げにならないようにと、上座の机を端に寄せていた金魚を呼んだ。

「お疲れさん」

「ああ、ありがとうございます。いただきます」

狸八も自分の分を飲む。四月とはいえ、人が集まると暑い。喉が渇いていた。

「驚いたでしょう、狸八さん」

渋くなった茶を一息に飲み干し、金魚は口をすぼめて言った。

「ああ。孔雀さんと朱雀さんとは」

「狸八さんの考えが当たりました」

「半分は金魚も当たったさ」

「当たるとは思いませんでしたよ」

狸八とてそうだ。若い者でやりたいという松鶴の言葉を聞けば、狸八の案を採《と》ったわけではないだろう。だが、いつもなら一人で配役まですべて決めてしまう松鶴が、弟子たちの声を聞いたというのは、自分の思いだけでは踏み切れなかったのかもしれない。

弟子の口から、紅谷兄弟や佐吉、梅之助の名が多く上がるのを聞いて、これならば行けると確信したのではないだろうか。

「俺たちは、もしかしたら先生の背中を押したのかもしれねぇな」

「背中ですか」と、金魚が空の湯呑に向けて呟く。

「そうだとしたら、うれしいですね」

「ああ」

それから、意外といえば梅之助の配役だ。

「梅之助さん、常盤役じゃなかったんだな」

金魚は思い出すように唇を一度ぎゅっと結び、また開いた。

「先生も最後まで迷われてましたよ。ですが、この芝居では、常盤より八雲の方が、役割が大きいからということで」

「なるほどな。孔雀さんたちとは同じ年頃で親子の役か」

「梅之助さんなら、大丈夫でしょう」

「山瀬さんも出世だな」

「銀之丞さんがむくれてないといいんですが」

やはり金魚もそう思ったか。苦笑しているところへ、春鳴がやってきた。

「驚いたね。先生は、よほど今度の芝居に思い入れがあるらしい。あたしに、うまくやってくれだってさ。いつもは、そんなこと言わないのにさ」

「先生の思いを、どうか汲《く》んでください」

深く頭を下げる金魚に、狸八も慌てて続く。

「わかってるよ。あんたたちに言われなくてもね」

顔を上げた金魚は、安堵《あんど》したように微笑《ほほえ》んだ。

「しかし、白狐となると衣裳は悩みどころだね」

春鳴は稽古場を見渡した。役者たちはもうほとんど残っていない。銀之丞まで
いつのまにか帰ってしまっていた。

「雷三さん、宗吉さん」

後ろに残って話していた雷三と床山の親方の宗吉へ、春鳴は手招きをする。弟
子を伴《ともな》ってやってきた二人に、前置きもなく話し始める。

「白は真綿の色がいいと思う。雷三さんは？」

衣裳は真綿のような純白にしたい。雪景色を表すために舞台に敷く布や小道具
はどうするのかと、春鳴は尋ねているのだ。

「同じだ」と、雷三は短く答える。

「光るような白がいい」

春鳴が、紅を塗った唇の端を持ち上げた。

「そうこなくっちゃね」

「源治郎ともさっき話した。絵巻っつうからには、みすぼらしいもんにはできね

え。上等な白じゃねぇとな」

「衣裳は任せとくれ。うんと上等に仕立てるさ。うちの腕の見せ所だよ。宗吉さんとこは決まってるのかい？」

芝居の鬘には、役によって決まった結い方がある。役者ごとに型を取り、銅板で拵えた鬘は芝居の数だけあり、毎度土台に人毛を植え付けて結っている。

「狐だからな。孔雀さんと朱雀さんは、棒ジケ付きのふかしにしようと思ったんだが……」

『義経千本桜《よしつねせんぼんざくら》』の狐忠信《きつねただのぶ》に使われる結い方だ。月代《さかやき》を剃《そ》り、髷は上で結ぶが、耳の脇にも、尼削《あまそ》ぎのように肩まで髪が垂れ下がる。それが揺れて獣《けもの》の耳のように見えるのだ。

「あの二人なら、前髪付きの若衆髷の方がいいかもしれねぇな」

「ああ、凜々《りり》しくていいんじゃないかい。珂雪も六花も、若いようだしね」

春鳴が賛同する。武家の若衆によくある髷の結い方だ。

「白に映えるよう、青黛《せいたい》は色を見る。毛も艶よく仕上げるさ」

「そうなると、耳と尾っぽはどうする？」

髷の結い方で獣の耳を表さないのならば、小道具が要ることになる。

「別で作って、取ったり付けたりできるようにすっか。なぁ、宗吉」

「ええ。先生のことだ。人の姿も本性も、同じ格好で済ますようなこともねぇだろう」

雷三は、眉を寄せて笑いながら言う。

「うちで作ろう。獣の毛の扱いは善六《ぜんろく》がうまい。器用でな。春鳴んとこへ色合わせに行かせる」

「助かるよ」

春鳴たちにはすでに、舞台が見えているかのようだった。金魚の顔がほころんでいる。うれしいのだ。その心持ちはよくわかった。そして同時に、楽しみだった。どんな芝居になるのだろうか。ほんのひと月先には、素晴らしいものが待っている。そう思えた。

雷三が思い出したようにこちらを見る。

「おめぇら、本読みの間は手が空くだろう？」

「ええ、おそらくは」

「なら手伝ってもらうぞ。雪の芝居は久しぶりだ。小道具の数も要りそうだからな」

狸八と金魚は顔を見合わせ、笑う。

「はい」

「もちろんです」

一座の力になれる。そう考えるだけで、狸八は胸が躍《おど》るのだ。

寄り初めが終わり、書抜が役者の手に渡ると、小屋は一度に活気を増す。皆、一斉に動き出す。

さあ、芝居だ。稽古が始まるぞと、ふんどしを締め直して仕事に取り掛かる。

本読みの稽古には、作者部屋からは松鶴と福郎、左馬之助のみが立ち会っており、金魚と狸八は道具方を手伝っていた。小道具方の元で、白い布を縫い合わせていたのだ。

反物《たんもの》の幅は九寸五分《くすんごぶ》と決まっているから、せいぜい金魚の肩幅くらいだ。それでは床に敷くにも、幕にするにも足りない。そこで反物同士を縫い合わせる手間が要るのだが、忙しい衣裳方の手を煩《わずら》わせるわけにはいかないため、こうして駆り出されたのである。

前にも手伝ったことがあるようで、金魚は真っ白な木綿《もめん》の生地《きじ》を糸ですいすいと縫い合わせていったが、狸八はてんでだめだった。縫い目の大きさはばらばらだし、布同士を重ねすぎて変にしわの寄るところもあった。

「まあ、よっぽどじゃなけりゃ、それでもかまいませんよ」

様子を見に来た鶴吉が言った。歳は金魚の一つ上で、手先が器用なため小道具方で重宝されている。狸八とは、初めて芝居に関わった昨年の曾我物からの付き合いだ。

「こいつは衣裳とは違いますからね。見た目にそこまで気を遣うこたぁありませんよ」

狸八は安堵の息を吐く。

「ただし、役者が足を引っかけると困ります。まだ、幕に使うか舞台に敷くかは決まってませんから」

どきりとする。役者が足を引っかけて転ぶようなことがあれば、二十五年前と同じように、戯場が笑い声に包まれるかもしれない。それだけは避けなければならない。

「わかりました。肝に銘じます」

「や、はい」

思ったよりも深刻な答えが返ってきたからか、戸惑う鶴吉に金魚が笑いかける。

「あっしがちゃんと見ておきますんで」

「ああ、頼みます」

金魚がそう言えば安心だというのは、鳴神座の裏方たち皆が思うところのようだった。

日の傾きを見て、そろそろ稽古が終わる頃だろうと踏むと、金魚と狸八は作者部屋へと戻ることにした。松鶴たちから稽古の様子を聞くのも勉強のうちだ。立ち上がると、狸八は肩をぐるぐると回し、それから目頭を押さえた。無理に何度もあくびをして、涙を出す。

「慣れないことは疲れますね」

金魚も伸びをしたり、首を左右に曲げてぱきぱきと鳴らしたりしている。そこへ文四郎が通りかかった。

「すぐに慣れるさ。山ほどあるから」

顎をしゃくった先には、真っ白な木綿の反物が、竜宮城《りゅうぐうじょう》の宝物のように積んであった。布は、これでも足りるかわからないのだという。背景の幕も新しく何枚か用意するそうだ。場面はさらに増えるかもしれないので、中ざらいまでは何とも言えないらしい。

中ざらいとは、総ざらいが本番前の通し稽古であるのに対し、それよりも早い稽古途中の段階での通し稽古のことを言う。昨年の秋に奈落番たちが加わってから、舞台上の様子を把握してもらうために設けられた稽古だ。奈落番だけでなく、衣裳方や床山、道具方たちにとっても、早い段階で舞台での見え方を確かめられるので好評だ。

大梯子を下り、作者部屋の障子に手をかけようとしたときだった。

「狸八さん」

振り向くと、風呂番の喜平太が、何やら紙を両手で握りしめて持っていた。お疲れさんです、と狸八が言う前に、喜平太は手にした紙を狸八の顔の前に差し出す。

「なんです？」

受け取って見る。金魚も横から覗き込んだ。それは役者へ配る書抜によく似ていたが、台詞はなかった。

数行で書かれていたのは、馬のト書きだ。驚き、脚を上げてのけ反る、とある。

「馬役ですか」

「ええ、また」

馬の役は役者ではない者が演じるため、寄り初めの場では特に何も言われない。あとになって、馬役を頼まれたのだろう。

「二度目です」と言う喜平太は、神妙な顔をしていた。

「今度は前脚なんです」

「大丈夫ですよ、また稽古を積めば」

金魚が励ましたが、喜平太はそれでも不安そうな顔をしていた。狸八は尋ねる。

「後ろ脚は誰です」

「前と同じ、幕引きの欣五さんです」

「前と後ろが替わったんですか」

「ええ。あっしが動かなければいけません」

喜平太の声がしぼんでいく。馬役は、前脚の者が後ろ脚の者を先導する。自信がないのも当然だろう。前回の曾我物では、後ろ脚でさえしくじったのだ。だが、日が経つにつれてうまくはなっていた。さらなる成長を見込んでの配役だろう。

「俺でよければ、稽古に付き合いますよ」

見かねて言うと、喜平太の顔がぱっと明るくなった。何度も礼を言い、喜平太は風呂の方へと戻っていく。その背中を見送ったあとで、金魚は黒目がちの目でこちらを見上げた。

「そんな暇がありますかね」

あの白い反物の量を見れば、そう思うのも道理だ。狸八とて、それはわかっている。

「だが、放っちゃおけないだろう」

「それはそうですが」

そこへ作者部屋の面々が大梯子を下りてきて、松鶴を先頭に五人、ぞろぞろと作者部屋へと入った。松鶴が、あぁ、と長く息を吐きながらどかりと腰を下ろす。

「狸八ぃ」

「はい」

「肩揉《かたも》め」

「はい」

松鶴の背後に膝をついて、狸八は黒い羽織の肩に両手を置く。

「稽古はどうですか」と、金魚が福郎に尋ねる。

「いい芝居になりそうだ。そうですよね、先生」

「おうよ」

応える声は上機嫌だ。しかしすぐに、自らを戒《いまし》めるかのように松鶴は声を低くした。

「まだわからねぇがな。本番のその日そのときまで、何があるかは、誰にもな」

福郎と左馬之助も口元を引き締めた。稽古はまだ始まったばかりだ。狸八は後ろから尋ねる。

「梅之助さんは、いらしてるんですか」

「おう。まだ本調子じゃねぇようだが、それにしちゃ出来過ぎだな。根を詰めてまた倒れでもしたら事だ。言っとかねぇとな」

松鶴が肩越しにちらりと狸八を見る。

「どうだ、縫いもんの方は」

「手こずってます。まだ慣れなくて」

そう答えると、松鶴はからからと笑った。

「道具方の足ぃ引っ張んなよ」

「はい」

前にもこんなやり取りをしたような気がする。しばし頭を巡らせて、狸八は思い出す。昨年の一月、松鶴に拾われて鳴神座へやってきた、翌日のことだ。この部屋で松鶴の肩を揉みながら、おめぇは掃除もできなきゃ風呂も沸《わ》かせねぇのかと言われ、己の無力さを知った。

あれからもう、一年以上経つのか。

「まあ、おめぇが足を引っ張るようなことはもうねぇか。力も強くなった」

松鶴がそう呟いたのは、同じことを思い出していたのかもしれない。

あのあと、賢くて仕事のできる金魚を紹介され、銀之丞が障子を勢いよく開けて入ってきて、台詞のある役が欲しいのだと叫んで、そして、狸八の芝居小屋での暮らしが始まったのだ。

「先生！」

一瞬、記憶の中の銀之丞が飛び出してきたのかと思った。あのときと同じ勢いで、音を立てて作者部屋の障子を開け、銀之丞が飛び込んできた。

「なんでぇ銀、静かにしろ」

松鶴が呆れたようにため息をつき、狸八に向かってもういいと手を振った。一礼して、狸八は自分の机へと下がる。その間に、銀之丞は松鶴の正面に座っていた。両手をつき、頭を低くする。

「台詞のある役ならつけたろう。まだ不服か」

銀之丞の役は、賭場で働く娘の一人、伊勢《いせ》だ。もう一人は雲居竜昇で、台詞が多いのはそちらだが、竜昇や佐吉と会話する形で銀之丞の台詞もある。

「先生、俺の役を、誰かと代えてもらえないでしょうか」

畳に顔を近付けて、銀之丞は請《こ》う。いつかとは違う、落ち着いた声だった。

「誰かってのは誰だ」

「岩四郎さんか、新五郎さんか」

岩四郎は三幕に登場する旅籠《はたご》の番頭、新五郎は常盤のいる見世の男衆だ。

「ばかやろう。帰《け》ぇれ」

松鶴の答えは素っ気なかった。怒る気にもなれない、そんな口調だった。

「ばかなのはわかってます」

銀之丞は顔を上げる。その目は熱く燃えていた。

「わかってます。狐の兄弟に騙されてばかを見るのは、岩四郎さんみたいに屈強な男の方がおもしろい。きらびやかな町の見世には、新五郎さんみたいな、酸《す》いも甘いも嚙《か》み分けた芝居のできる役者の方が似合う」

松鶴が目を瞠る。松鶴だけではない。銀之丞を取り囲むようにして聞いていた四人も同じだった。銀之丞は体を起こし、腿《もも》の上に拳《こぶし》を揃えた。

「先生は、この役にはこの役者がいいと、決めてから書かれるんですよね。お伊勢の台詞は、俺に喋らせるために先生が書いてくださった台詞だ。そのことだって、わかってます。ありがてぇと思ってます。ほかの人が演るなら、この台詞だって少し変わったはずだ」

「おめぇ……」

「役を取り換《か》えるのが大変なのもわかってます。でも、俺は男の役がやりてぇ。立役だなんて贅沢《ぜいたく》は言いません。けど、俺はいつか立役の看板になりたい。佐吉さんみたいな」

後ろから見ている狸八には、銀之丞の耳が赤くなっていくのがはっきりとわかった。佐吉は、銀之丞の憧れだ。あまりにも格の違うその人の名を口に出すのは、気恥ずかしさがあったのだろう。

「お伊勢の台詞は、竜昇さんが喋っても、話の筋は狂わないと思うんです。だから、役を取り換えるのがだめなら、新しく男の役をどこかに」

「帰ぇれ」

ぴしゃりとした声の鋭さに、銀之丞は押し黙った。

「てめぇに、本に口ぃ出される筋合いはねぇ」

「すいません、でも」

「そんなこたぁ、伊勢をしっかり演じられるようになってから言いやがれ。なんでおめぇが賭場の娘で、山瀬が常盤なんだと思ってやがる。おめぇ、まだ己の力量をわかってねぇようだな」

銀之丞はぐっと唇を嚙む。

「大《だい》それた口を叩く暇があったら稽古しやがれ。先に一人の楽屋を持つのは、このままじゃあ山瀬だ」

掠れた声で返事をし、一礼すると、銀之丞は出ていった。

「先生」

沈黙を破ったのは福郎だった。体を松鶴の方へ向ける。

「銀に芝居のつくりを教えたのは俺と左馬です。芝居をどういう順序で組み立て、何を考えて配役や台詞を決めていくか、狸八に教えたとき、銀もその場にいました。まさか、こんなことを言ってくるとは」

松鶴は答えず、金魚を呼んで、煙管に火を点けさせた。金魚は手慣れた様子で火打石を使い、松鶴の煙管の先に火の粉を落とす。それを深くまで吸い、松鶴は白い煙を長く吐いた。

「なるほどな。どうりで」

「余計なことをしました」

「すみません」

松鶴は吸い口を唇から離すと、煙を吐きながら笑った。

「どいつもこいつも、変わっていきやがる。知らぬ間にな」

役者たちが二階の稽古場に籠もって稽古をしている頃、その進み具合にせっつかれるように、裏方たちも急ぎ支度を進めていった。

狸八と金魚は来る日も来る日も白い布を縫い合わせていたが、やがてその量が増え、場所を取るようになると、小道具方の部屋を追い出された。二人は両手いっぱいに布を抱え、戯場へと向かう。戯場では大道具方が作業をしていたが、花道の端を使わせてもらえることになり、二人はそこに腰を据えた。

大道具方たちは舞台や見物席を広く使い、遊郭の座敷や、農家や賭場の外観など、本物さながらの柱や瓦を使って建てていく。金槌《かなづち》の音が、あちこちから絶え間なく聞こえている。

狐の兄弟が暮らす山奥の場面では、大道具方の絵師が幕に背景の木立《こだち》を描いたり、切り出しと呼ばれる、板に絵を描き、後ろに支えを付けたものも使ったりして、山の風景をつくっていくようだ。大道具方は、裏方の中ではもっとも大所帯で二十人ほどいる。小道具方や衣裳方は七、八人、床山は六人だから、それらを合わせたほどの人数だ。

「よし、じゃあ上げるぞ」

布を縫い進めていると、舞台の方から声がした。ねじり鉢巻きに片肌脱《かたはだぬ》ぎというなりで、こちらに背を向けて立っているのは、奈落番の親方、武蔵だ。武蔵の前方には、畳一畳ほどの大きさの穴がぽっかりと口を開けている。せりが下がっているのだ。武蔵は奈落の底へ向けて声を張り上げる。

「よし、上げろぉ！」

微かに軋《きし》むような音と揺れとが、花道についた尻から伝わってくる。

「父狐や母狐が、夢枕《ゆめまくら》に立つ場面がありますからね」と、狸八の言わんとしているることを察して金魚が言った。

せりは舞台に一つと、その半分ほどの大きさのものが花道に造られている。花道のものは「すっぽん」と呼ぶ。せりやすっぽんから上がってくるものは、人ではないというのが芝居の決まり事だ。幽霊や鬼、狐、神々などがそれに当たる。

『雪中白狐華宴』は主役が狐という都合上、登場するたびにせりを使っていたのでは手間も時も かかるため、珂雪と六花の兄弟は袖や花道から歩いて登場することになっている。せりから上がってくるのは、死んだ父狐の暁と、兄弟を仇討ちにけしかける母狐の八雲だ。

演じるのがそれぞれ十郎と梅之助ということもあり、武蔵は今までよりも上げ下げに気を配っているように見えた。十郎は行き場のなかった奈落番たちの恩人であり、梅之助は病み上がりの看板役者だ。気を遣うのも当然だろう。

せりからは、十郎に背格好の近い奈落番の男が上がってくる。武蔵は腕組みをしたまま首をひねった。芝居や囃子《はやし》に合わせるわけでもなく、ただせりの上げ下げをするだけでは、ぴんとこないのも無理はない。

「芝居に合わせてみるまではわからないよなぁ」

金魚にだけ聞こえればいいというつもりで呟いた言葉は、ちょうど大道具方の金槌《かなづち》の音と音との合間に入り、舞台上の武蔵の耳まで届いてしまった。武蔵が花道を振り返る。

「おう、おめぇさんたちか」

「どうも」

狸八は手を止め、金魚は手を動かしたまま、ぺこりと会釈《えしゃく》をした。武蔵は花道を通ってやってくると、布の山の前へしゃがみ込む。

「こりゃ雪か？」

「ええ、大雪ですよ」

「えらく降ったもんだ」

「そちらは悩みどころですか」

武蔵は立ち上がり、腰を押して伸ばすと、舞台の方を仰ぎ見た。男の乗ったせりが、またゆっくりと下りていく。

「夢枕だからな。すいっと、滑るように静かに上がるのがいいんだろうが、なにぶん合わせるまではなんとも言えねぇ。向こうの稽古が進むまでは、座元も梅之助さんも、こっちにゃ来れねぇだろうからなぁ」

憮然《ぶぜん》とする武蔵を見上げ、金魚が縫う手を止めた。

「それだけわかっていれば十分だと思いますよ」

「ん？　そうか？」

「芝居の目的がわかっていれば、合わせ始めればすぐですよ」

武蔵は二、三度目を瞬いた。

「ちっちぇえのに、おめぇさんに言われると、妙に安心するんだよな」

狸八は笑い、金魚は少しむっとした顔をした。

「金魚は松鶴先生の秘蔵っ子ですから」

「たいしたもんだ」

「ちっちぇえは余計ですよ」

そこへ、小屋の奥から小道具方の鶴吉が小走りにやってきた。

「金魚、狸八さん、すいませんが別の仕事を手伝ってはもらえませんか」

二人は針を裁縫箱に収めて立ち上がる。

「おうおう、忙《せわ》しねぇな」

「用意するものが多いもんで、手が足りないんですよ」

鶴吉が武蔵に答えている。武蔵をはじめとした奈落番たちは、鳴神座にだいぶ馴染んできたようだ。ほかの裏方や役者とも、小屋や若狭屋で話している姿をときどき見かける。

「俺たちもなんか手伝うか？」

武蔵の申し出に、布を抱え、前が見えるように顎で押さえて狸八は首を振った。

「せりの調整が一番でしょう」

「そりゃそうだ」

せりにもしものことがあれば、役者の命にかかわるのだ。おかしなところがないか、きちんと動くか、毎日確かめるのは大事な仕事だ。

白い布は戯場の端にまとめて置いて、狸八と金魚は鶴吉についていく。せかせかと前を歩く鶴吉が、肩口から振り返る。

「夕浜屋《ゆうはまや》へ行って、綿《わた》を受け取ってきてほしいんです」

夕浜屋というのは、浅草にある生地《きじ》類の問屋だ。

「綿ですか」

「ええ、屋根や木に積もった雪に使うんですよ。織る前の綿を仕入れてもらったんです。結構な量なんで、二人で行った方がいいでしょう。あっしも行ければいいんですが」

鶴吉は申し訳なさそうに言った。

「とりあえず、すぐに手に入る分だけを頼んであります。中ざらいの様子次第じゃあ、また頼むことになるでしょうが」

「そのときはまた行きますよ」

「助かります。先生は何か言ってやしませんでしたか」

「大丈夫ですよ。まだあっしらの出番は先ですから」

本読みに続いて、上では立ち稽古が始まっているが、相変わらず、金魚と狸八は、まだ関わらせてもらえない。二人の出番は細々としたことが決まってからだ。

主に黒衣として舞台に上がり、役者の台詞を書いた書抜を持ってそっと役者に見せたり、小道具を出したりしまったりする。それをいつどの間合いでやるか、という段になって、ようやく出番が回ってくるのだ。

浅草の夕浜屋の者は金魚の顔を知っており、すぐに綿の袋を出してくれた。さすがに金魚は年季が違う。店の者と親しげに話しながら、麻袋《あさぶくろ》を開けて綿を確かめる。

綿は、二つの袋に固くなるまでぎゅうぎゅうに押し込んであった。袋は大小二つで、まるで取りに来るのが金魚と狸八だとわかっているかのようだ。

「ああ、真っ白ですね。きれいな綿です」

金魚が綿を一摑《ひとつか》み取り、手の上でほぐす。たしかに真っ白だ。量だけでなく、色にも注文を付けたのだろう。

「これで足りなければ、また頼みに来ます」

「今度は遠州《えんしゅう》から取り寄せるから、日がかかるよ。雷三さんにそう伝えておくれ」

「わかりました」

こうしたやり取りは金魚が担い、狸八は綿の袋をどう抱えたらいいかと悪戦苦闘していた。結局肩に担いだが、大きい方の袋は子供を抱えているかのようだった。ふわふわとした綿が詰まっているとはとても思えない。小さい方の袋を金魚が担ぎ、夕浜屋をあとにして、重い重いと互いに言いながらしばらく歩く。

「綿も詰めこみゃこんなに重いなら、塵《ちり》も積もれば山となるのも道理だなぁ」

気晴らしにと笑いながら話しかけたのだが返事がなく、狸八が足を止めて振り返ると、金魚は数歩手前で立ち止まっていた。何かを見ている。

「金魚？」

それでも気付かない。金魚が足を止めていたのは、小間物屋の前だった。

「金魚」

近付いて呼ぶ。

「どうした？」

こちらを見上げたが答えず、また店の奥へと目を向ける。櫛《くし》やかんざしといったものが並んでいる。衣裳方のところでも目にするが、それらを見て誰かを思い浮かべることはまずない。そこにあるのはあくまでも衣裳だからだ。店に並ぶものを見て、金魚が誰を思い浮かべたのかは明らかだった。

「いえ、行きましょう」

蔵前へ向けて歩き出す金魚を追いかけ、隣に並んで、狸八は尋ねた。

「お絹さんには会えてるのか？」

前を向いたまま、金魚は掠れた声で笑う。

「毎日きれを縫ってるじゃありませんか。狸八さんと一緒に」

「そんな暇はねぇか」

昼飯くらいしか休みはないし、一日の仕事が終わる頃には、絹の茶店は閉まっている。四ツ谷は遠い。

「忙しいですからね。もっとも、楽しいですけど」

「それはな、もちろんだ」

「狸八さん」

「ん？」

妙にあらたまった様子で、金魚が訊く。

「狸八さん、会わないと、人は人のことを忘れるでしょうか。どれくらいしたら、忘れられてしまうでしょうか」

見えない顔は、足元に向けられている。

「そうさなぁ」

狸八は、まだ椿屋の息子だった頃のことを思い出す。

店の金に手を出してまで、通い詰めた花魁の名は生駒《いこま》といった。きれいだったことは覚えている。それは美人で気立てがよかった。所帯を持つ約束までした。

だが、覚えているのは美人で気立てがよかったということだけだ。どんな顔をしていたのかは、まるで霧《きり》の向こうにでも隠れてしまったかのように、ぼやけて思い出せなかった。

「会わないから忘れる、ってわけじゃねぇと思うぞ」

金魚が肩に担いだ袋の端から、片目だけを覗かせた。

「たぶん、縁が切れるのが先なんだ」

狸八にとって生駒とのそれは、金の切れ目だった。

「縁が切れたときから、少しずつ忘れ始めるんだ。お互いにな。金魚とお絹さんの縁は、まだ切れちゃいないさ。今だけ見えなくなってるだけだ。それこそ、あれだ」

うまいたとえはないかと探す。

「雪の中に落とした豆腐みてぇにさ、見えないんだ」

「雪の中の豆腐ですか？　綿ではなくて？」

あ、と狸八は声を出す。今肩の上にのしかかっているものを使った方が、うまいたとえだった。金魚が笑った。

「豆腐と雪を間違いますかね」

「そうさ、だからいいんだ」

言い訳のように取り繕う。

「すぐに拾い上げられるだろ。そうしたら、またはっきりと見えるようになる」

「なるほど。そうしたら、また縁も見えるようになるんですね」

「そういうことだ、金魚さん」

綿の袋の陰で、金魚の頭が小さく揺れた。

「ありがとうございます」

顔が見えなくても律儀《りちぎ》なことだ。

それからぽつりぽつりと話しながら、鳴神座への帰途につく間、狸八は徳次郎のことを考えていた。

己と徳次郎との縁は、もう切れてしまったのだろうか。


小屋へ戻ると、役者たちがぽつぽつと大梯子を下りてくるところだった。今日の稽古は一段落ついたらしい。

下りてきたのはほとんどが稲荷町の役者だ。女形は中二階、三幕から後に出てくる主だった役者は稽古場と同じ二階に、それぞれ楽屋を持っているので、ひとまずそちらへ戻って休んだり、帰り支度をしたりするのだ。稲荷町の役者は、六畳間を二つぶち抜いた大きな部屋で寝起きをしている。楽屋と住まいを兼ねたその部屋のことを稲荷町と呼ぶのだ。狸八もそこで、役者たちにまじって過ごしている。

「稲荷町は少し広くなったよ」

役者たちを見送ってから、慎重に梯子の段に足を乗せ、狸八は言う。綿の袋で見通しが悪い後ろを歩く金魚は黙ったまま二段上がり、それから気付いたように言った。

「山瀬さんですか」

「ああ」

三幕より後に出ることを許された三津寺山瀬は、稲荷町を出ていった。今は女形の楽屋が並ぶ中二階の一番端で、ほかの若い役者たちと同じ楽屋を使っている。そこには、銀之丞もいる。

「今回限りかもしれないと先生は仰《おつしや》ってたが、それでも楽屋は移るんだな」

「嫉《しっ》妬《と》を買うことになりますから」

金魚は声をひそめて答えた。役者たちは、上の者も稲荷町の者も、狸八から見れば皆、からりとしていて気のいい人ばかりだ。それでも、胸の奥には言い知れぬ思いがあるだろう。

あの大所帯の稲荷町の中に一人だけまじるのは、山瀬としても落ち着かないに違いない。

「先に出ていくのは市之助さんか虎丸さんかと思ってたけどなぁ」

「二階はいっぱいですからね。しばらくは難しいかと思います」

二階の楽屋はそれぞれ一人部屋だ。たしかに空きはない。足の下で踏み板がぎいと軋《きし》むのを聞きながら、頭の中には虎丸と銀之丞の顔が浮かんでいた。

小道具方の仕事場の暖簾をくぐり、最初に目に飛び込んできたものに、狸八は思わず声を上げる。

「うわ、何ですか、これ」

座敷の真ん中、広く空いたところに、深い紅色の布が敷き詰められていた。幅九尺五寸の木綿の反物が幾重にも、端を重ねる形で広げられている。細い糸で固く織られた生地には光沢《こうたく》があった。後ろに続く金魚も驚きの声を上げる。

「おう、ありがとな。そこへ置いてくれ」

文四郎が言い、部屋の隅を指す。

「それも縫うんですか？」

「いや、これはこのままだ。血に使おうと思ってな。奥から引っ張り出してきた」

「血ですか」

狸八が問うと、綿を取りにやってきた鶴吉も加わり、二人で代わる代わる答える。

「ほら、大詰で血飛沫やら血だまりやら、あるだろう」

「血糊は毎度の後始末も大変ですからね」

「衣裳方からも苦情が来る」

「それに何より、親方が使いたがらねぇんで」

鶴吉が、ちらりと雷三の方を見る。雷三は広げた真っ赤な反物をくるくると巻き取り、また放り投げて広げている。

「なるほど、ああやって血飛沫が上がったように見せるわけですね」

金魚がぽんと手を打った。

「ああ。ほかにも先に床に敷いといて、上から白い布をかぶせ、それをばっと一気に剥《は》いで血だまりに見せる」

よく考えたものだ。放り投げた反物を狐の兄弟や吉弥の体にかけても、見物席からは血を流したように見えるだろう。文四郎は続ける。

「今回は上から雪も降らせなきゃならねぇ。うちも手一杯だ、おめぇらの手も借りると思うが、よしなに頼む」

「はい」

「もちろんです」

黒衣ですね、と言いかけて、黒では目立ちすぎるなと思う。水の上では浅葱色《あさぎいろ》の衣裳を纏って水衣《みずご》になった。ならば、雪の上でも着るものが決まっているのではないだろうか。狸八は金魚に尋ねる。

「雪の、白い黒衣みたいなもんがあるのか？」

白い黒衣とは、我ながら変なことを言っているなと思う。

「ええ、雪衣《ゆきご》といいます。お察しの通り真っ白です。出番は黒衣に比べればずっと少ないですから、あっしもあまり着たことがないですね」

「それじゃあ、仕立て直してもらわねぇとな」と、文四郎が金魚の頭に手を置き、その手を横に滑らせて自分の喉の下辺りに当てた。

「おお、ほら、背が伸びてら」

照れたように、金魚は少し笑う。

「狸八も仕立ててもらえ。早いうちがいい。あとになると衣裳方もどんどん忙しくなる」

「はい」

そのあと、金魚と二人で隣の衣裳方の仕事場へ行き、寸法を測ってもらった。今までは文四郎の使っていた黒衣や水衣の衣裳を借りていたので、一から仕立ててもらうのは初めてだ。

「雪衣は一度仕立てれば、長く着られますよ。しみが付かないように気を付ければね」

採寸してくれた衣裳方の伊織《いおり》は、衣裳を一手に預かる男で、春鳴の右腕だ。二十代半ばで、何事にも手際が良く判断も早い。長く着られるのならば、それだけ長く鳴神座にいられればいいと思う。

「珂雪と六花の衣裳はどうですか」と、金魚が尋ねる。

「ああ、順調だ」

そう言う伊織の目の先では、春鳴が針子《はりこ》たちと何やら話し合っている。手には金糸の織り込まれた、華やかな女ものの帯がある。

「曾我物の十郎と五郎みてぇに、兄弟で衣裳の模様を変えようと思ってな。まだまだ仕立ててる途中だ。お披露目《ひろめ》は中ざらいになるな」

「それは楽しみです」

狸八がそう言うと、誇らしげに伊織は笑った。

皆、それぞれに支度を進めている。本番へ向けて進んでいくこのときが、祭りの前のようで楽しい。もしかしたら本番よりも好きかもしれない。興行の日々は長いようで、始まればあっという間に終わってしまう。悔いのないよう、本番に備えていかねばならない。

「俺たちもまた縫い物に励むか」

「ええ、そうしましょう」

よし、と二人気合いを入れて、大梯子を下りた。

夕暮れどき、若狭屋に銀之丞の姿はなかった。作者部屋へ直談判《じかだんぱん》に来て以来、顔を合わせていない。どこでどうしているのやら。だが、わざわざ探して呼びに行くつもりはなかった。

賭場の娘、伊勢を、銀之丞はどのように演じるのだろう。楽しみでこそあれ、心配などしていない。

銀之丞の芝居に胸を打たれたことがある。たった一言二言でも、銀之丞の芝居にはちゃんと人を惹きつけるものがある。

狸八が心配などするのは、役者、月島銀之丞に対して無礼なことだと思ったのだ。

四、偽物《にせもの》

一面の白い布をばさりと剝ぐ。すると下から真っ赤な布が現れて、辺りはたちまち血の海になる。

違うな、と独《ひと》り言《ご》ちて、狸八はもう一度、花道に広がる血の海を雪で覆う。白い布を上に向かって剝ぐと、それが大きくたわんで客の目を集めてしまう。肝心の血へと目が向かないのだ。ならばどうしたらいいか。

狸八は、白い布の端を滑らせるように引いた。端から床が赤く染まる。この方がよさそうだ。雪衣となってしゃがんだまま布を引けばそれほど目立たないだろうし、赤い布の始まりの位置を狐の兄弟の足元にしておけば、流れる血が徐々に広がるようにも見える。

反物のように丸めて芯《しん》を抜いた赤い布を放り投げ、血飛沫を表すのは金魚の役目だ。下に敷く赤い布は、しっかりと舞台に留めておく。あとは白い布を引く間合いだ。

「おおい狸八、そろそろ稽古だぞ」

奈落から舞台袖へ、石段を上がってきた武蔵が言う。

「はい、今行きます」

答えて、狸八は赤と白の布を両腕を使ってぐるぐると巻き取り、丸めて壁際の桟敷《さじき》席へと放り込んだ。

「色だけ見りゃあ、めでてぇが」

武蔵が鼻から息を吐いて笑う。

「これがみんな血だと思うと物騒ですね」

「ちげぇねぇ」

そんな話をしながら、二人は舞台袖から大道具置き場を通り、小屋の奥へと向かう。最後の幕で血の見せ方を担うこととなり、狸八と金魚は稽古場への出入りを許された。二階の稽古場へ足を踏み入れると、金魚はすでに上座の端、松鶴たちの後ろに座っていた。ほかにも何人かの小道具方や大道具方の姿がある。

役者たちは皆、下座の側にいる。中には梅之助の姿もあった。右近とはずいぶんと離れて座っており、それはいつものことなのだが、先月の大梯子でのやり取りのあとでは、その距離は見た目よりも遠くなったように思えた。

「よし、揃ったか。それじゃあ始めるぞ。今日は三幕だ」

はい、という声と、おう、という声とが入りまじる。狸八の出番は最後の第六幕だけだが、松鶴はできるだけ多く稽古を見ておけと言った。その意味はわかる。狐の兄弟のそれまでの旅を見なければ、最期《さいご》の時の血の流し方は決められない。

三幕目は、珂雪《かせつ》と六花《りっか》の白狐の兄弟が、人の集まる町へと着いたところからだ。

舞台向かって右の上手から、兄弟がおそるおそる現れる。辺りをきょろきょろと見回し、まるで江戸へ着いたばかりの田舎者のようだ。ここでは一、二幕目に出番をもらえなかった稲荷町の者たちが、町の住人として各々振る舞っている。横顔や、後ろ姿しか見えない者もいて、役をもらえないことの厳しさを見るかのようだった。

兄の珂雪は、大仰《おおぎょう》な仕草で見回し、声を上げる。

「はあっ、どこを見ても、人、人、人だ」

演じる孔雀の声音は、男とも女ともとれる。敢《あ》えてその間を意識しているのだろう。

「兄上、油断はなりませぬぞ」

弟、六花を演じる朱雀は、今までに見た娘役に比べて凜々しい声だが、言葉の終わりなどに子供らしい響きを残している。

「町の者は抜け目がないと申します。あの村のようには、これ、いかぬでしょう」

二幕で騒ぎを起こした村のことだ。そこで食べ物と一緒に銭も盗んでいた兄弟は、うまそうな饅頭《まんじゅう》や天ぷらの屋台を見つけて腹を満たす。人の食う物はこんなにもうまいのかと驚く。

「朱雀」

松鶴の声が芝居を止めた。

「もうちょい、静かに驚け。六花は珂雪より、そうだな、用心深いんだ」

「はい」

少し考えながら、朱雀は答えた。このあとの流れでは、兄の方が町の女郎に骨抜きにされてしまう。兄の珂雪の方が、目の前のものを素直に受け取ってしまうたちなのだろう。

「六花の方が子供だが」

松鶴はゆっくりと腕組みをしながら言う。

「子供だからこそ、見たことのねぇもんに気を許さねぇんだ。いるだろう、そういう子供が」

「ええ。食い物がうまいからこそ、気を張るんですね」

「そういうこった」

それから松鶴は、舞台を模した板の間の、両端に控えている三味線弾きと囃子《はやし》方《かた》とを見やった。細竿《ほそざお》、太棹《ふとざお》の三味線に、囃子方の鳴り物は小鼓、大鼓、尺八《しゃくはち》、篠笛《しのぶえ》、それに小さな鐘や仏具まで、十数種が並んでいる。この場で芝居に合わせ、何を鳴らすかを決めていくのだ。

「ここは祭囃子みてぇなのがいいな」

そう言われ、すぐさま細竿の三味線を持った男が、軽妙な音を奏《かな》でた。高く短い音を連《つら》ねた、跳ねるような曲だ。そこへ鼓と篠笛が加わると、思わず体が踊り出しそうになる。

紅谷兄弟もそう思ったらしい。まず孔雀が、旋律《せんりつ》に合わせてくるりと舞った。以前、萩の精を演じたときの色気のある舞とは違い、今度は無邪気に、目の前のことを楽しんでいることがわかる舞だ。

「先生、台詞の合間合間で踊っていいですか？」

「おう、よろしくやってくれ」

「あいよ」

それに朱雀が続こうとするが、その前に松鶴が止めた。

「六花は、あんな風には踊らねぇな」

「ここも我慢？」

「そうさな。そういう性分だ」

「兄さんを見て、自分は思い留まると」

「そうだ」

朱雀の表情が曇るのを、松鶴は見逃さなかった。

「不満か」

「いいえ。六花なら堪えるでしょうよ」

わかっているならよし、とばかりに松鶴は頷き、稽古は次の場面へと進んだ。

兄弟は安そうな旅籠を見つけるが、買い食いしてしまったものだから、金はもうない。人から盗むか、それとも化かすか、兄弟は考え、化かす方を選んだ。道中拾ったどんぐりを、ぽんと銭に変える。ここは小道具方の見せ場の一つになる。

宿の番頭役は鳴神岩四郎だ。歳は二十代半ば、鳴神十郎の姉の子で、六尺近い上背とたくましい体を持つ。どことなく十郎に似た面差《おもざ》しも迫力があり、銀之丞の言ったように、だからこそ狐の兄弟との対峙《たいじ》にも面白味《おもしろみ》が出る。

「おや、これは」

先払いの銭を受け取った番頭の栄治《えいじ》は、しげしげと銭を見る。紐《ひも》に通した銭を手の平の上で広げたり、紐を持ってぶら下げ、下からじっと見上げたり。小道具の銭はまだ持っていないのだが、まるでそこにあるかのように見える。

そこへ主人の幸兵衛《こうべえ》がやってくる。こちらは紅谷兄弟の父、紅谷八郎が演じている。岩四郎と並ぶと体格は一回りも小さい。芝居はしなやかさと鋭さとを併《あわ》せ持つが、今回はそれらを隠し、愛想のよい商売人を演じる。

「何してんだい栄治、お客さんを待たせちゃあいけねぇよ」

「ああ、旦那さま。見てください、これ」

「ん？」

「あっしは、こんなにぴかぴかな銭は初めて見ました」

ここで使われる銭は、すべて黄金色に光っている、という体である。幸兵衛を演じる八郎は、大袈裟に眉を動かし、顔を近付け、目を瞬く。離れていても、眉や目の動きがよくわかる。

「本物ですかね」と、栄治が主人を見上げる。

「お客さん、こりゃあ、どちらで」

「ええと、あちらの山で」

思わずそう言った六花の口を、珂雪が慌てて塞いだ。

「山？」

栄治がぽかんと口を開けると、店先へ、横手からすっと老人が現れる。鳴神喜代蔵演じる、近所のご隠居、という役柄だ。年寄りにしてはよく通る声で言う。

「狐じゃねぇか？」

兄弟はわずかにびくりとし、栄治が呆れつつも相手をする。

「中原《なかはら》のご隠居、よしてください、狐だなんて」

「じゃあ狸か。どっちでもいいか」

へっへと笑い、ご隠居は旅籠の入口に腰を下ろす。一方、幸兵衛の方は怪しげな客をじろりと見やる。八郎の隠し持つ鋭さが、ここで顔を出す。

「お客さん、こいつは偽物でしょう。いけませんなぁ。偽物が本物のふりをするというのは、よくないことでございます」

人に化けている狐の兄弟のことを言っているようにも聞こえる台詞だ。

「栄治、奉行所だ」

「はい」

「なんのことでございましょう」

ごまかすように笑って珂雪が言う。

「ええと、山の方で会った行商に、両替をばお頼みしまして」

その言葉が終わる前に、六花が珂雪の背後でくるりと回り、ぽんと鼓の音がすると、栄治の手の中の銭は、みな色のくすんだ銭に変わる。珂雪は得意気な顔だ。

「というわけですが、何かおかしなところでも」

幸兵衛と栄治は大袈裟に驚いて顔を見合わせた。ご隠居はおもしろそうに膝を叩いて笑い、旅籠の二人は慌てて愛想を取り繕《つくろ》う。

「こりゃあ、失礼しました。あっしどもは夢を見ていたようです」

「栄治、すぐにお客様を部屋へお連れしな」

「はい！」

一度ぞろぞろと下手へ引っ込んだあと、珂雪と六花だけが現れ、再び町へと繰り出していく。してやったりといった顔だ。三幕だけで、芝居の中では何日も経つ。この幕の間に、珂雪は遊女、常盤と懇《ねんご》ろになるのだ。

「ここはまだ雪は降らないんだな」と、狸八は隣の金魚に確かめる。

「ええ」

「六幕だけか」

「五幕の終わりから降り始めますが、あっしらの布の出番は六幕ですね」

まだ晩秋なのだろう。なるほど、飯はうまく、人恋しい時期だ。狐とて同じに違いない。

しんみりとしているうちに、山瀬の出番となった。遊女、常盤の名の由来は、源義朝《よしとも》の妾《めかけ》で、のちに義経《よしつね》の母となる美女、常盤御前《ときわごぜん》だ。演じる山瀬にも、人を惹きつける美しさが求められる。

「ぬし、おかしななりをしていなんすなぁ」

橘新五郎演じる女郎屋の男衆が止めるが、常盤は珂雪に話しかける。男衆は、珂雪は金にならないと踏んだのだ。珂雪と常盤の間には、本番では朱塗《しゅぬ》りの格子があるはずだ。美女であっても、格子の中にいる程度の女郎なのだ。それ自体が、この町がそれほど裕福でないことを示している。

「お、おかしいか」

珂雪は自分の体を見下ろす。

「何者だえ？」

珂雪は狼狽《うろた》え、思わず口にする。

「き、狐だ」

「狐？」

男衆が怪訝そうに眉をひそめ、常盤は高らかに笑う。

「狐でもよござんす。寄っていきなんし。酔って、遊んでいきなんし」

山瀬の遊女は、梅之助や孔雀、朱雀の女形と比べれば見劣りはする。だが、花魁《おいらん》のような高嶺《たかね》の遊女でない分、山瀬に似合っているのだ。自然と溢れる人間臭さのようなものが、この町にもぴたりと合う。これは一、二幕で母狐を演じる藤吉とも、銀之丞とも違う魅力だ。なるほどと、狸八は配役の妙に唸るばかりだった。

日が暮れてから若狭屋へ行くと、橙色《だいだいいろ》の明かりの中に、金魚と朱雀の姿があった。

「狸八サン、こっちこっち」

二階端のいつもの卓に呼ばれて行くと、朱雀は少し酔っているようだった。頬がほんのりと赤い。

「遅かったね。仕事？」

「いえ、喜平太の馬役の稽古に付き合ってました」

朱雀は顔を傾け、喜平太、と呟く。

「ああ、風呂番の。正月にしくじったやつか」

「それは忘れてやってください」

苦笑いを浮かべ、金魚の隣へ座ると、狸八は蕎麦を多喜に頼む。

二幕の村での場面で、狐の兄弟に驚かされた馬は、前脚を大きく上げていななく。なぜ進行方向を決める前脚を喜平太が担うのかと不思議に思っていたが、答えは喜平太の体の細さにあった。

前脚と後ろ脚の者同士を、木材を組み合わせた仕掛けでつなぐ。ちょうど梯子を横にして、段と段との間にそれぞれ間を空けて体を通したような形だ。その仕掛けを後ろ脚の者が持ち、前脚役の者を持ち上げるのだ。前脚役の者は床から両脚が離れ、高く浮いたところで歩くように足を動かす。

縫い物と稽古の見学のあとにその後ろ脚役を務めてきたものだから、狸八はへとへとに疲れていた。今日は一日が長い。

「馬役のもう一人は狸八サンじゃないんだろ?」

「ええ、幕引きの欣五さんです」

あくびを噛み殺し、狸八は腕をさする。力仕事はあまり向いていないのだ。

「はは、欣五さんに怒られる前に、狸八サンに稽古つけてもらおうってわけか」

「俺も役に立ってるのかわかりませんが」

「風呂はいい具合に沸かせるのにねぇ、あいつ」

役者に褒《ほ》められるとは名誉なことだ。あとで喜平太に教えてやろうと思いつつ、狸八は金魚にそっと耳打ちする。

「朱雀さん、飲んでいいのか。明日の稽古が」

金魚は何も答えなかったが、顔を見るに、本当はだめなのだと言いたそうだった。

「俺は、酒は残らねぇタチだから大丈夫だよ」

徳利《とっくり》を逆さに振り、空《から》になったのを確かめると、通りがかりの多喜に渡してもう一本注文する。

「すみません、余計な口を」

「いいよ。銀兄の体たらくを見てりゃ、心配にもなるだろうさ」

朱雀の白目が赤く染まっている。目つきは据わり、浮世絵にある女のような目をしていた。それも、幽霊やら骸《むくろ》やらと一緒に描かれる類の女のようだ。

蕎麦と酒とが、次々と運ばれてくる。

「これもどうぞ。鰯《いわし》を甘じょっぱく煮てほぐして、油揚げと胡麻《ごま》と一緒に、ごはんに混ぜ込んだの。おいしいですよ」

そう言って、多喜が握り飯の三つ並んだ皿を置く。見るからにうまそうな醬油の色をしている。

「いただきます」

狸八が手を伸ばそうとしたとき、朱雀が言った。

「お客さん、こいつは偽物でしょう」

狸八は思わず手を止め、多喜の口からは、え、と小さな声が漏れた。

「いけませんなぁ」

なおも続ける朱雀の声色に、狸八は気付く。これは旅籠の主人、幸兵衛の台詞だ。

「朱雀さん？　偽物ってなんです？　ちゃんとおとっつぁんが握りましたよ」

「多喜さん、違うんです。これは芝居の台詞で」

少なからずむっとした様子の多喜に、狸八は慌てて言う。多喜ははっとして、恥ずかしそうに盆で顔を隠した。

「やだ、あたしったら申し訳ない。そう、朱雀さんはそんなこと言わないもんね。でも、そんな台詞のお芝居あった？」

「今稽古中なんです」と、金魚が付け足す。

「そう。邪魔してごめんなさい。ごゆっくり」

そそくさと多喜が行ってしまったあと、狸八と金魚は横目で互いの顔を見た。今の話の間も、朱雀は握り飯から一切目を逸らしていなかった。

「朱雀さん？　どうしました？」

金魚が心配そうに尋ねるが、朱雀は黙ったままだった。狸八は蕎麦と握り飯を食べ進める。握り飯の鰯は生姜と一緒に煮込まれており、後味はすっきりとしつつ、胡麻や油揚げの香ばしさも相俟《あいま》って、疲れた体に染みわたるうまさだった。

いくらでも食べられそうだ。若狭屋の大将はいつも鳴神座の者たちのことを考え、うまい料理を出してくれる。ありがたいことこの上ない。

食べている間、金魚とはぽつぽつと言葉を交わしたが、朱雀の異様な雰囲気に、会話が弾むことはなかった。

黙って酒を飲んでいた朱雀が、おもむろに口を開く。

「お客さん、こいつは偽物でしょう。いけませんなぁ。偽物が本物のふりをするというのは、よくないことでございます」

やはり幸兵衛の、八郎の台詞だ。口調もやや似せている。珂雪と六花が持ってきた、黄金色《こがねいろ》に光る銭を見たときの言葉だ。

「近頃、おかしなことを思うんだよ」

空の猪口に向けて朱雀は言う。

「俺は偽物、兄さんは本物。偽物は、どう足掻《あが》いても偽物なんだなってさ」

「どういう意味ですか」

尋ねる金魚の声音には、怒っているかのような響きがあった。

「所詮《しょせん》、紅谷のおやっさんと同じ、生まれついての役者の血が流れてるのは、兄さんだけなんだろうな」

「朱雀さん、そんなこと、言っちゃいけませんよ」

「わかってるよ。だから言っただろ？　おかしなことだってさ」

朱雀は酒に潤んだ目を細めた。

昨年の秋、狸八は、紅谷兄弟が本当の兄弟ではないことを知った。そのときは驚いたのだ。朱雀と孔雀は仲が良く、二人とも、父の八郎によく似ていたから。父と兄との間に血の繋がりがないと知った今でも、三人は本当の親子に見える。

「朱雀さんは紅谷家の次男です。本物の役者の家の、本物の役者の子ですよ」

金魚は眉間に深いしわを寄せていた。そのしわには、怒りと悲しみとが込められているように思われた。

「そう見えるかい」

「もちろんです」

「けど、俺はね、兄さんより出来がよくないんだ。そのことに間違いはない」

「そんな」

「そんなことはないですよ」

思わず狸八は口を挟む。

「孔雀さんも朱雀さんも、よそでならとっくに主役が張れる役者だと、福郎さんも言ってました」

金魚が激しく頷く。

「へぇ、福郎さんがね」

「そうです」

「でもそれも、兄さんあってだろうなぁ」

朱雀は卓に頬杖《ほおづえ》をついて、天井に目をやった。

「近頃思うのさ。俺は兄さんを追いかけてここまでやってきたけど、兄さんにとって、俺は引き立て役なんだろうって。ほら、ちょうど萩の精と霞《かすみ》だ。あのときの役そのままさ。俺は兄さんを引き立てるために、周りをちょろちょろ、踊り回ってるに過ぎないのさ。いつもそうだ」

「だめですよ、朱雀さん」

金魚がこれ以上飲ませまいと、徳利を自分の膝の上に隠した。朱雀は苦笑すると、

「六花だってそうさ。そういう役しか、回ってこないんだ。この先もね」

そう言って立ち上がった。どこへと問う前に、朱雀はちらりとこちらに目を向ける。

「帰るよ。金魚の説教は長くなるからね。始まる前に帰るが吉さ」

「ちゃんと家に帰ってくださいね」

「当たり前だろう。俺の家はあそこしかないんだ。ほかに帰れる家があるでもなし」

店を出る前に、朱雀は多喜に声をかけていた。握り飯うまかったよ、ありがとう。そう聞こえたが、食べたのは狸八と金魚だ。多喜もわかっているかもしれない。窓の外を、朱雀の草履の足音が通り過ぎていく。

足音が聞こえなくなるまで待って、ようやく金魚が徳利を卓の上に戻した。ちゃぷんと軽い音がする。狸八は朱雀の猪口を引き寄せ残りの酒を注ぐ。二杯分、あるかどうかという程度だ。

「狸八さん、お酒は」

「まあまあ強い。この程度、残りはしないさ」

「知りませんでした」

「話してなかったからな」

「ええ。朱雀さんのことも」

目をやると、金魚は肩を落として、朱雀が手を付けなかった最後の握り飯を摑んだ。半分に割り、片方を差し出してくる。

「あんな風に思ってるなんて知りませんでしたよ。紅谷朱雀といったら、いまや人気役者ですよ」

「そうだな」

「稲荷町にだって、朱雀さんを見て入ってきた人がいるんです。銀之丞さんにはいないでしょう?」

「ああ、まあ」

ひどい流れ弾に苦笑する。

「立役でも娘役でも、朱雀さんが演じるときれいで、かわいらしくなります。ほかの人にはできません。すごい役者なんです」

「知ってるよ」

「それなのに」

この若狭屋で、朱雀が芝居の台詞を口にしたことが前にもあった。若い遊女の台詞で、梅之助と銀之丞の演じる遊女たちとの一場面での台詞だった。あのとき、たった一言で、若狭屋全体がざわめいた。狸八はそれを目の前で見たのだ。

まだ十六だった朱雀の、役者としての力量を目の当たりにした。

「俺はさ、霞の役は、朱雀さんにしかできなかったと思うんだ」

金魚がこちらを見上げた。『月夜之萩』という一風変わった演目の中で、霞の役はさらに異色だった。人でも霊でも精でもない、言葉も命も持たないものながら、萩の精にとっては欠かせない役どころだった。

「もし霞の役がほかの人なら、孔雀さんの萩の精への思い入れも変わったと思うんだ。朱雀さんが霞だったからこそ、あれだけ客を魅了する萩の精になれたんだろう」

「ええ、あっしもそう思います」

「それを引き立て役だと朱雀さんが言うなら仕方ないが……孔雀さんの方は、そうは思ってないと思うんだよなぁ」

金魚は一度は頷いたが、空になった握り飯の皿を見たあとで、口を開く。

「孔雀さんが思っていないとして、それを知ったところで、朱雀さんの心持ちが変わるでしょうか」

「それはわからねぇなぁ」

他人が、たとえ孔雀や八郎がそう言ったところで、本人の心持ちが変わらなければどうにもならないのだ。

親子も兄弟も難しい。

突き詰めると、結局そんな短い言葉でまとまってしまう。それぞれの心情は恐ろしいほど複雑だとしてもだ。

狸八は残りのわずかな酒をくいと飲み干し、息を吐くついでにあくびをした。

今日はもう頭が回らない。

「帰ろう。明日も忙しい。稽古場であくびなんかできないからな」

「そうですね。あっしらがあくびなんてしていたら大ごとです」

「稽古場を追い出されるなぁ」

「それどころじゃありませんよ」

軽口を叩き合いながら暖簾をくぐり、外へ出る。銀之丞は今日も来なかった。中二階の楽屋が住まいなのだから、大梯子を上がるだけなのだが、今は会わない方がいいのだろう。金魚も同じ思いなのか、銀之丞のことは口に出さなかった。

稽古は恙《つつが》なく進み、中ざらいの日となった。昨年の秋から、中ざらいは鳴神座では定番の稽古となった。役者も裏方も、ここまでの成果を見せつつ全体の流れを把握するいい機会だ。

本番では舞台の下にもぐったままになる奈落番の全員にも舞台上の様子を見せるため、中ざらいでは代わりの者がせりの上げ下げを担う。今回の中ざらいでは、それは留場と楽屋番の男たちの仕事になった。どちらも力自慢の男たちだ。

大道具方が終始忙しいため、今回は白羽《しらは》の矢《や》が立った。

見物席に裏方たちが揃う。作者部屋は、真ん中前寄りの平土間がお決まりの場所だ。舞台全体も、花道も見渡せる。狸八と金魚はすでに雪衣姿になっており、頭巾は被っていないものの、薄暗い見物席では嫌というほど目立った。

「いかみてぇだな」と、左馬之助がつついて笑う。

「まったくです」

「それか、腹ぁ切る前の赤穂浪士《あこうろうし》だ」

聞き捨てならない左馬之助の言葉に、松鶴がじろりと睨みつける。

「左馬、新しい芝居を前に腹を切るとはなんだ」

「すいません、つい」

松鶴は前を向くと、憮然《ぶぜん》として鼻から息を吐く。因縁の芝居の中ざらいを前に、気が立っているようだ。

役者たちは、出番の遅い者だけが見物席にいる。衣裳や鬘も、できているものは本番通りに身に着けるため、支度に時がかかるのだ。今いる者も、出番の一幕前には席を立つ。

「よし、皆、始めよう」

喜代蔵の声に拍子木《ひょうしぎ》が打ち鳴らされる。そして、幕が開いた。

第一幕は秋も深まる山中から始まる。

今か昔か　諏訪の森に
神の使いか物の怪《もののけ》か
白狐の親子の棲《す》みにけり

枯木立の中に、狐の兄弟がいる。珂雪を演じているのは日高虎丸、六花は市之助だ。二人ともきらびやかな衣裳に身を包んでいる。

小袖は衣裳として呼ぶ際には、着付という。兄弟は真綿のような純白の着付に、兄の珂雪は目の覚めるような青い袴《はかま》、弟の六花は鮮やかな紫の袴を身に着けている。袴には、珂雪は金糸で雲の意匠が、六花は銀糸で雪の花の意匠が、それぞれ埋め尽くすように刺繍《ししゆう》され、舞台の上できらりと光る。豪勢な上に、離れたところからでも見分けがつくよう工夫がされている。

前髪付きの若衆髷の鬘には白いふさふさの毛で作った耳が、腰には同じく尻尾が揺れており、顔には武家の若君のように上品な化粧が施された。目尻をくいと上げた化粧で、狐らしさも出している。

二人は長い木の枝を持ち、それを刀に見立てて剣術の稽古をしていた。

「やあ!」と弟の六花が踏み込めば、兄の珂雪はそれを躱《かわ》したり、受けていなしたりするがどちらも軽やかだ。打ち合うたびに尾が揺れるのも目を引いておもしろい。

枝のぶつかり合う音を戯場に響かせて何度か打ち合ううちに、演じる虎丸と市之助の体格の差もあり、兄の方が上手だとわかる。

「六花、そろそろ休もう。もう一刻も続けているぞ」

「なんのこれしき、兄上、六花はまだやれまする!」

困ったように相手をする珂雪だが、やがてひとり、倒木に腰を下ろす。

「兄上」

「少しは休ませろ。ほら、日はまだ高い。時はあるではないか」

腰に下げた瓢簞《ひょうたん》から、珂雪は水を飲む。

「兄上ぇ」

地団太を踏む仕草で、六花が子供だということが客にもわかりやすく伝わる。二十半ばの市之助は、高い声を出している。二人がじゃれ合うように会話をしているうちに、舞台上手から、母狐の八雲が静かに姿を現した。

耳と尾は息子たちと同じだが、白無垢《しろむく》にも似た衣裳は、木立の中に浮かび上がるようだった。演じる藤吉は、品と色気のある芝居を得意とする。化粧も衣裳に劣らず、地は真っ白に、目元は艶やかに塗られている。

白塗りの化粧といっても、本来、白粉《おしろい》をそのまま使って真っ白に塗るのは姫様役だけだ。ほかは町娘でも二枚目でも、砥《と》の粉《こ》という黄土から作った粉を混ぜて色を付ける。砥の粉を入れれば入れるほど茶に近くなり、町人や老人の肌の色に近くなっていく。

今回は姫様役ではないが、狐の親子は白粉のみで肌を塗ることになっている。衣裳の白さ、雪の白さに負けないようにするためだ。

「我が息子たちよ、何をしているのです」

「母上！」

六花が叫び、珂雪は慌てて立ち上がる。立ち上がった拍子に、水をこぼしてしまったらしい。袴を気にして、手で払う。

「剣術の稽古はしたのかえ」

「もちろんでございます、母上」

兄が取り繕《つくろ》うように答える。

「ならば、なぜそのように休んでいる」

「これはその、たった今、座ったところでして」

「休んでいる暇はないのですよ」

八雲は見物席をぐるりと睨みつけながら言う。

「お前たちの父親は、人に討たれたのです」

六花が珂雪の隣に立ち、背筋をぴんと伸ばした。母を恐れているかのようだ。

「お前たちの父、暁は、それは立派な狐でした。人も獣も脅かし、それを端《たん》に町を滅ぼし、若い頃には一国を傾けたことさえあるのです。それが、いくら歳を取ったからといって、あのような人間にっ」

八雲は悔しそうに口元に手をやると、顔を背けた。兄弟は困ったように母を見守る。

「珂雪。六花」

「はい、母上」

八雲は再び見物席を睨みつけると、眼光の鋭さはそのままに、その目を息子たちへと向けた。

「早くお行きなさい。旅立つのです。人の寿命は短いのだから。けしてあの男を、吉弥を、寿命などで死なせてはなりません。お前たちが、討つのです」

言い終えて、八雲は上手へと去る。その背を見送り、兄弟は向かい合って立つ。

「母上をこれ以上悲しませるわけにはゆかぬ」

「参りましょう、兄上。我らの手で、父上の無念を晴らしましょうぞ」

「ああ！」

二人は倒木の陰から、それぞれ刀を手に取る。柄にも鞘《さや》にも金銀の飾りを施した、見事な刀だ。それを腰に差し、二人は互いを見つめて確かめ合うと、下手へと駆けていった。二人を追うように、幕が閉まっていく。

主役は誰か、目的は何か。まだ登場していない敵役も含め、福郎の言ったように、話の芯がわかりやすく描かれている。

続く二幕は、麓の村へと舞台が移った。舞台上には木立の中、二軒の民家が並んでいる。白っぽくくすんだ屋根のみすぼらしい家々は、大道具方が正本から読み取って建てた家だ。その前で、農具を手にした村人が、今年の作物の出来はどうだっただの、来年はどうしようかだのと話し、端の方にはほっかむりをした女たちの姿もある。演じているのは、稲荷町で最年長の錦太《きんた》を筆頭とする役者たちだ。民家の端には、黒い馬も一頭いる。中には喜平太と欣五が入り、今は芝居の邪魔をしないようにとおとなしくしている。

舞台下手から珂雪と六花が現れた。家を見つけ、すぐに飛び出そうとする六花を、珂雪が止めた。

「その姿のままではだめだ」

珂雪は木陰《こかげ》へ入ると、すぐにまた飛び出してきた。その体からは、白い耳と尾が消えている。

「なるほど、人に化けるのですね！」

六花もそれにならい、木陰で人の子へと姿を変えた。

「いざ」と、二人は旅人を装い、村人へ声をかける。

「頬に刀傷のある、吉弥という男を知らないか。流星の如《ごと》き傷だと聞いている」

錦太演じる村人は首を傾げる。

「さあ、知らねぇな……そいつはおめぇたちの、おとっつぁんか何かかい」

珂雪は顔を逸らし、見物席の方へと向ける。

「ああ、そうだ」

憎しみを滲《にじ》ませる虎丸の、眼差しとは逆の言葉が口から出る。

ほかの村人たちも集まってきて、兄弟のことを聞いては不憫《ふびん》に思い、涙を拭っている。そのうちに日が傾いてきた。木立の奥にかかる背景の幕が、茜色のものに換えられる。

「兄上」

六花が囁く。

「もう参りましょう」

「そうだな。得るものはない」

それどころか、仇を父親と言い張らねばならないものだから、胸が悪くなるばかりだ。珂雪は大袈裟に言う。

「ああ、我らの父は、どこにいるのでござりましょう」

すると、村人の一人が言う。

「そんなら、町へ行ったらいい」

「町？」

「山向こうの町は街道の宿場だ。人が集まるから、そこで訊くといい」

「そいつはありがたい。では、我らはこれにて」

立ち去ろうとする兄弟を、村人の一人が止めた。

「ああ、待ちなさい。今からじゃあ山越えは無理だろう。子供の足なら尚更だ。悪いことは言わん。うちに泊まっていきなさい」

「いえ、泊まる当てはありますので」

そう言って無理に断り、足早にその場から去る。村人たちは首を傾《かし》げている。

あの山に、休める場所などあっただろうか。

先を行く珂雪の袖を、六花が引いた。

「兄上」

六花の声は元気がない。

「なんだ」

「腹が減りましてございます」

なんとも子供らしい。困った珂雪は辺りを見回した。今から村人たちの元へ戻るわけにもいかない。

ふと、すぐ側の納屋《なや》の脇に、馬が繋いであることに気付く。

「待っておれ、六花」

珂雪は馬の傍でくるりと回ると、手の平を馬の頭の方へ、捧《ささ》げるように差し出した。その手から、金色の粉がふわりと舞う。妖術《ようじゅつ》だ。馬は首を振り、乱心する。珂雪が縄を解くと、馬は激しくいななき、村人たちのいる方へと走っていった。なんだ、どうしたと、途端に騒がしくなる。

「今のうちだ」

珂雪と六花は民家へ入り込むと、すぐさま栗《くり》や魚を抱えて飛び出してきた。その中には財布まである。

馬は暴れながら花道を走り、村人たちは慌てて追いかけていった。六花が大きな声で笑う。

「兄上、人とは愚かなものでございますね」

そうだな、と応じ、賑《にぎ》やかに馬と村人たちが退場したあと、二人も上手から出ていき、幕が閉まった。見物席はざわざわとし始める。大道具方の棟梁、源治郎と、小道具方の雷三とが、続けて松鶴の元を訪れた。

「先生、どうでした」

「農家はもう少し汚しがあってもいいな。着てるもんの割に家が小ぎれいだ」

「なるほど、確かに。もうちっと汚くしまさぁ」

そう言うと軽く頭を下げて、源治郎は戻っていく。舞台では、幕の向こうから大道具方たちの声や、何かを引きずる音が聞こえている。山奥の村から街道の宿場町へと、舞台を変えているのだ。

続いて雷三が尋ねる。

「妖術の金粉はあんなもんでいいかね。まだ細かくもできるが」

「あんまり細けぇと客から見えねぇからな」

「だろうな」

「あれでいいだろう」

「馬は？」

「馬の出来は十分だ。ただ、中身だな」

松鶴は指をなめると、正本の束をめくり、配役をまとめた頁を開いた。

「ああ、風呂番の痩せぎすと欣五だったか」

自分のことのように、狸八は胸がどきどきとした。狸八から見ればうまくやったように見えたが、まだ足りないか。

「喜平太さんの稽古は、狸八さんが見ています」と、金魚が脇から松鶴に伝える。

「おお、そうか。狸八」

「はい」

思わず立ち上がる。

「喜平太と、馬を見に行ってこい」

「馬ですか」

「本物のな」

見て学べということか。たしかに、自分が蛍《ほたる》を演じたときには本物の蛍を見に夜の田んぼへ行ったのに、喜平太とはそれをしなかった。風呂番の仕事が忙しいだろうと思ってのことだったが、馬など、合間を見つければいくらでも見に行ける。何事も、誰でも、手順を省《はぶ》いていいことはない。

はい、と答えたあと、狸八は尋ねた。

「先生、俺がこのまま喜平太さんを見ていていいんでしょうか。ほかの人の方がいいのではないですか」

今は喜平太自身に頼まれて見ているが、狸八とて、芝居の答えを持ち合わせているわけではない。それがずっと不安だったのだが、忙しい福郎や左馬之助に頼むわけにもいかず、今日まで来てしまった。

「ん、かまわねぇさ」

松鶴はこともなげに答え、狸八は些《いささ》か面食らう。

「いずれは役者を見ることになる。今は風呂番くれぇがちょうどいい」

狸八は思わずどきりとした。傍で聞いていた雷三が、かっかと笑う。

「忙しいな狸八。うちの仕事も忘れんなよ」

「も、もちろんです」

雷三は狸八の方を顎でしゃくると、松鶴に向けて言った。

「よく頭が回るんで、うちにもらおうかと思ってたんだが」

「やらねぇよ。雷三さんと言えどもな」

「そのようだ。よかったな、狸八」

からからと笑いながら、雷三はまた前方の席へと帰っていった。ぼうっと立ち尽くしていると、金魚に袖を引かれた。そのまま腰を下ろす。金魚は何も言わなかったが、口元はほころんでいた。

いつの間にか見物席からは役者たちがいなくなり、代わりに稲荷町の役者たちが、衣裳も化粧もそのままにそれぞれ座っていた。松鶴が、桟敷席の虎丸を呼びつける。近くで見ると、袴の豪奢《ごうしゃ》な刺繡《ししゅう》は迫力さえある。白い袖口からは金粉がぱらぱらと落ちて光っていた。

「孔雀の芝居をよく見とけ。四幕終わりにもういっぺん来い」

返事をして、虎丸は戻っていった。

舞台の支度が整い、拍子木が打ち鳴らされる。馬の役目を終えた欣五が、ゆっくりと幕を開けていく。

そこにあったのは華やかな町だった。舞台の両脇に店が立ち並び、通りが奥に向かって道が伸びているかのように、背景の幕に描かれた町並みは徐々に小さくなっていく。町並みの向こうに霞んで見える山は、まだ描きかけのようだ。

狐の兄弟は通りの真ん中で立ち止まり、きょろきょろ忙しなく辺りを見回している。町人に扮《ふん》した稲荷町の役者たちが、二人の前や後ろを行き交う。

「はあっ、どこを見ても、人、人、人だ」

珂雪を演じる紅谷孔雀の言葉に、通行人が笑って過ぎた。田舎者だと思ったのだろう。兄弟は旅装だ。どこで手に入れたのか、笠《かさ》を被っている。

「兄上、油断はなりませぬぞ」

紅谷朱雀演じる六花が、兄と背中合わせになり、辺りを見回す。勇敢な声音は、ときどき子供らしく語尾が上がる。兄弟は一、二幕と比べて明らかに小柄になっているのだが、その分、人の町の大きさが際立って見えた。

「町の者は抜け目がないと申します。あの村のようには、これ、いかぬでしょう」

「ああ、そのようだ」

そこへねじり鉢巻きをした町人が、声をかける。

「そこの兄さんたち、大福餅でも食って行かねぇかい」

「こっちは天ぷらだ」

「鰻《うなぎ》もあるぞ」

途端に軽やかな囃子が流れる。この幕では、明るさと面白味にとりわけ力を入れいてる。

「六花、腹は減っておるか」

「それはその、今日はよく歩きましたので」

三味線弾きが弦を爪でこすり、一際奇妙な音を立てた。二人は互いに自分の腹を見下ろす。

「飯を食うとするか。ほれ、銭もある」

二幕の村で盗んできた銭だ。

「ですが兄上、人間のつくる飯など食えたものでしょうか。魚や鼠《ねずみ》を獲《と》った方がいいのでは」

しかし、辺りからはいい匂いが漂っていて、二人の鼻は勝手にひくひくと動く。また腹が鳴った。見物席からさざ波のような笑い声が起こる。

兄弟はおそるおそる、屋台へと寄っていく。

「いらっしゃい」

「その、天ぷらとやらを二つくれないか」

「何にしやしょう。今日はいい鱚《きす》が入りましたよ」

「じゃあそれを」

頬張り、二人は化粧に縁取られた目を大きく見開く。食べ物は小道具もないのだが、串に刺さった揚げたての分厚い天ぷらが見えるようだ。

「兄上、こんなものは、食べたことがございません」

弟は天ぷらを表に裏にとひっくり返しながら訝しげに言うが、兄は素直に喜びを表す。祭囃子にも似た音色に乗ってくるくると舞う。

「ああ、うまい。ふっくらとして味がいい。もう一つもらおう」

「兄上、そんなに食べて」

「それとあの、大福餅というのも」

一口食べ、そのうまさに珂雪は笑いながら軽妙に踊る。また笑いが起こる。

「兄上！」

「わ、わかっている。腹が減っては戦《いくさ》はできぬと申す。腹を満たすのは悪いことではないからな。六花も食べるがよい」

兄にはぐらかされ、六花も次々に屋台の食べ物を渡される。兄を叱りつつも、拒《こば》まないのはどれもうまいからだ。見物席の客に見えるように、うまそうな顔をする。朱雀の芝居は細かなところまで行き届いている。

腹がいっぱいになった二人ははたと気付く。宿のことを考えていなかったのだ。この町で人を捜すには何日もかかるだろう。いちいち町の外に出て野宿していては、おかしな噂が立つかもしれない。宿を取りたいが、財布はすでに空だ。

「兄上、ここはこれを使いましょう」と、六花が懐から、道中拾ったどんぐりを取り出す。それに金粉で妖術をかけ、銭へと変えると、二人は宿を探した。

舞台上にあったいくつかの屋台がはけると、代わりに下手《しもて》から旅籠が姿を現す。兄弟の差し出した金ぴかの銭に、岩四郎演じる番頭の栄治は眉をひそめている。そこへ奥から主人の幸兵衛が現れた。鬘を被っているが、普段と同じような白髪の多い鬘だ。

「旦那さま、見てください、これ」

「ん？」

「あっしは、こんなにぴかぴかな銭は初めて見ました。本物ですかね」

幸兵衛と栄治のやり取りを見ながら、狸八は数日前の朱雀のことを思い出していた。

俺は偽物、兄さんは本物。偽物は、どう足掻いても偽物なんだなってさ。

本物か偽物か。朱雀の言うように、その家の血が流れているかどうかでそれが決まるのなら、狸八は今でも椿屋の本物の跡取りということになる。

そんなはずはない。流れる血などでは決まらない。

生まれは正しくとも、己は今や偽物だ。

あのとき、そう言えればよかったのに。そのときには思いつきもしなかった。頭がよく回ると雷三は言ったが、肝心なときには回らないのだ。

「お客さん、こりゃあ、どちらで」

上等な身なりをした幸兵衛が問う。砥の粉を濃く溶いた茶の化粧で、しわを幾筋も描き入れている。

「ええと、あちらの山で」

思わず答える六花の口を、珂雪が塞いで取り繕うが、店先に現れた近所のご隠居役の鳴神喜代蔵がぽつりと言う。

「狐じゃねぇか？」

こちらも身なりはいいのに、口調はやくざ者のようだ。

「中原のご隠居、よしてください、狐だなんて」

「じゃあ狸か。どっちでもいいかぁ」

笑いながら店先の床几に腰を下ろすご隠居を横目に見つつ、幸兵衛は厳しい口調で兄弟に向かって言う。

「お客さん、こいつは偽物でしょう。いけませんなぁ。偽物が本物のふりをするというのは、よくないことでございます」

偽物が本物のふりをする。一度己と重ねてしまうと、そのことが離れなくなる。だが、本物とは何のことで、偽物とは何のことだろう。

今となっては、狸八は椿屋の跡取りだったあの頃こそ、偽物のくせに、本物のふりをしていたのではという気になるのだ。母も弟も、死んだ父も、こんなことを聞けば怒るだろうが、それくらい、今は生きている理由を感じられる。心が躍るのも、安らぐのも、情けなくなるのも、いつでも鳴神座のことばかりだ。

朱雀とて、同じなのではないだろうか。

ごまかそうとする珂雪の後ろで、六花が尾を翻《ひるがえ》して回る。すると潜んでいた小道具方の黒衣が、栄治の大きな手の上で、ぴかぴかの銭をくすんだ色の銭と取り換えた。

「というわけですが、何かおかしなところでも」

幸兵衛と栄治は驚き、互いの顔を見る。ご隠居だけが一人笑っている。

「こりゃあ、失礼しました。あっしどもは夢を見ていたようです」

「栄治、すぐにお客様を部屋へお連れしな」

「はい、旦那様」

一同は旅籠の中へと消え、やがて兄弟だけが再び出てくる。楽しそうに町へと繰り出す兄弟を眺め、ご隠居はけらけらと笑い、ぽつりと呟く。

「さぁて、どうなるか」

その晩、珂雪は人間の遊女、常盤と恋に落ちる。旅籠の建屋が下手袖にゆっくりと引っ込むと、それに合わせるように、上手からは女郎屋の格子が現れた。女郎に興味のない六花は、格子の前を素通りして上手へと消えていく。

「ぬし、おかしななりをしていなんすなぁ」

「お、おかしいか」

狼狽える珂雪を、新五郎演じる男衆がじろりと睨んでいる。

「何者だえ？」

「き、狐だ」

「狐？」

珂雪の言葉を信じているのかいないのか、常盤は笑う。何枚も重ねた着物は濃淡の違う桃色で、真紅の帯も華やかだ。化粧や仕草から、まだ年若いことがわかる。十五、六の遊女になりたての娘だろう。切れ長の細い目には、あどけなさも垣間《かいまみ》見える。

「狐でもよござんす。寄っていきなんし。酔って、遊んでいきなんし」

見世の位は低い。しかし常盤の目には、今生《こんじょう》を諦めていない光がある。それが見る者を惹きつける。

珂雪もまた惹きつけられたのだ。誘われるままに格子に手を伸ばす。その手が格子に触れるかどうかというところで、幕は閉じていった。

続く四幕では旅籠の前を行ったり来たりする六花の姿から始まる。もう何日も、珂雪が戻ってこないのだ。

「ここんとこ、お前さん一人だな。兄貴はどうしたい」

相変わらず旅籠の前に居座るご隠居が尋ねる。

「なんとかという女郎のところに、入り浸《びた》っているらしいのです」

「そいつは困ったな」

「あんな、人間の女風情に」

はっとして思わず足を止めるが、ご隠居は煙管をふかして笑っている。

「人間の女は手強《てごわ》いからのう。お前さんたちの手に負えるかどうか」

自分たちの正体に気付かれているのだろうか。喜代蔵の、食えない老人の表情は見事だ。

「俺たちは」

そこへ番頭の栄治が出てきて、大きな体を丸めてご隠居に挨拶をする。あとから幸兵衛も顔を出した。

「ああ、六花さん。珂雪さんが戻らないのは心配でいけませんねぇ。お二人は、なにやら、大事な用事があって、この町へ来たんでしょうに」

「そ、そうです」

「早く戻られるといいですね」

そう六花に笑いかけると、幸兵衛はご隠居の方へと向き直った。

「中原のご隠居、どうです、中で碁《ご》でも一局」

「おお、いいですなぁ。この前は幸兵衛さんの勝ち逃げじゃったから」

「おや、人聞きの悪い」

二人は笑いながら旅籠の中へと入っていく。六花は拳を握る。

「そうだ、兄上がいなくても、俺一人で」

「まあ、うちはお代さえ払っていただければ、いくらいていただいてもかまいませんけどね」

店先を片付けていた栄治は、そう言い置いて中へと戻っていった。

六花は道行く人に、頬に刀傷のある吉弥という男を知らないかと尋ねて回る。

通行人は花道の上にもいて、六花は次々と話しかけながら、徐々に花道の先へとはけていく。

その間に、舞台上では静かに場面が変わろうとしていた。旅籠や町並みをつくる建物が下手側へとはけ、上手から、遊女、常盤の部屋が現れる。建物それぞれの下に車をつけ、袖から建物につけた綱を引く者と舞台上で押す者とに分かれ、大道具方が総出で動かしている。

現れた常盤の部屋には、真ん中に布団が敷いてあった。けして豪華なものではない。部屋の中の色合いも、どこかくすんでいる。廊下と思《おぼ》しきところを雲居長三郎演じる楼主が通りがかり、橘新五郎演じる男衆と、長く居座る若者の文句を言い合って過ぎる。

「どうもおかしいですね。どこから来たのか訊いても、答えもしない」

「常盤には、もっと上客をつけたかったのだが」

「面目ない。俺がいながら」

「なに、今少し様子を見るとしよう」

部屋の中の二人は布団の上に座り、常盤は煙草《たばこ》を喫《の》んでいる。煙管を相手の方へと差し出すが、珂雪は首を振って断る。人の食べ物は口に合っても、さすがに煙草は合わないらしい。

「ぬし、弟と来たと、そう言ってなかったかえ？」

「あ、ああ」

「いいのかえ？　放っておいて」

常盤は気怠《けだる》げにあくびをする。

「どうせなら、弟も連れてくりゃあよござんす」

「それは、それはだめだ」

顔を背ける珂雪の肩を摑み、常盤はしなだれかかる。

「ま、わっちにはなんでも。ぬしがいてくりゃあ、それでよござんすよ」

珂雪は膝を抱えて座ると、しばらく無言だったが、やがて口を開いた。

「俺たちは、仇を討つためにこの町へ来たのだ」

「仇？」

「俺たち兄弟は、狐なのだ」

細い目をさらに細めたあと、常盤は大きな口を開けて笑った。

「またその話かえ。狐だなんだと。たしかに人より色は白うござんすが、この下は、立派に人の体だったじゃあないかえ」

冗談めかして、常盤は珂雪の体を撫でる。

「仇とやらも狐かえ？」

「違う、仇は人間だ。父上を殺した」

「ふうん」

常盤は煙管の吸い口を、紅を塗った唇に当てる。

「この町にいるのかえ」

「わからん。探しに来た」

「まだ見つけていないのかえ」

「ああ」

ぐらりと、常盤は頭を揺らす。銀のかんざしがきらめきで弧を描く。

「呆れた。まさかぬし、仇討ちが怖くなって、ここへ逃げ込んだんじゃあないのかえ」

「違う。ただ、わからなくなった」

首を傾げる常盤の方を向き直り、常盤の手を取る。

「人は愚かだ。だが、人のつくるものはうまく、人のつくる町はおもしろい。人は憎い。だが、お前は愛《いと》しい」

常盤はひとしきり高笑いをした。狸八はぞっとする。その仕草は女のもので、普段の山瀬からはかけ離れていた。

「それっぽっちでわからなくなったのかえ。呆れた呆れた」

常盤は珂雪の手を振りほどいて立ち上がる。

「ぬしが狐なら、あのおあしは葉っぱか何かかね。度胸もない金もない。ならば、さっさと帰りなんし。わっちは呆れ果てて言うこともござんせん」

「常盤」

「ええ、おさらば、おさらばえ」

桃色の打掛《うちかけ》を羽織って、常盤は部屋を出ていった。残された珂雪は、布団の上に倒れ込む。情けなさに動くことさえできない。そのうちに、いつの間にか眠ってしまったらしい。

窓番が二階桟敷の上の窓をいくつか閉めた。暗くなった舞台に、ドロドロの音が響く。囃子方が、太鼓を小刻みに打ちながら、少しずつ音を大きくしているのだ。微かに軋むような音は、舞台上にぽっかりと空いた奈落からだ。

鳴神十郎の出番である。

ゆっくりと奈落からせり上がってきたのは、白銀色《しろがねいろ》の大きな耳と尾を持つ、父狐の暁だ。真綿のように真っ白な着物と袴の上には、金糸の織り込まれた陣羽織を羽織っている。その姿は、暗い舞台に浮かび上がり、より映える。幽霊だというのに輝くようだ。衣裳方と床山、小道具方の渾身の作だろう。

せりの動きは少々雑で、前の方では奈落番たちが、指を差しながらひそひそと言葉を交わしている。

「珂雪、珂雪よ」

珂雪は目を覚まし、起き上がる。そして枕元に立つ父の姿に慄《おのの》く。

「父上！」

しかし、それも一瞬のことだ。幼い頃に死に別れた父の懐かしい顔に、すぐさま立ち上がり、その足元に膝をつく。

「父上、お会いしとうございました。しかし、このような情けない姿を、お見せしたくはございませんでした。なんと申してよいか、不甲斐《ふがい》ない息子にございます」

息子の言葉を、父は手で制した。

「よい。何も言うな、珂雪よ。お前は心が優しいのだ。子供の頃から、そうであったな……斬り合いも殺生《せっしょう》も、本心では好まぬのであろう」

戸惑う息子の顔を見て、暁は目を細める。

「諏訪へ帰るがよい」

「しかし」

「仇討ちなど人の世の習い。我ら一族の、本来の定めではなかろう。珂雪よ、我が息子よ。仇も人の娘も忘れ、諏訪へ帰り、皆と達者に、幸せに暮らせ。それが父の願いである」

「父上」

「母と六花を大切に、二人を守ってやってくれ。それだけが、珂雪よ、お前に望むことだ」

父の声はどこまでもおおらかで優しいものだった。暁の出番はここだけだ。座元がほんのひと場面しか出ないのは滅多《めった》にないことだが、それでも、暁の言葉は印象に強く残る。

「はい、父上！　必ず、母上と六花を守り抜くとお約束いたします！」

ゆっくりと、暁の姿は奈落へと下がっていく。それと同時に、花道では、すっぽんと呼ばれる小型のせりから別の姿が上がってきた。母狐の八雲だ。こちらも今回はここだけが出番となる、白河梅之助が演じている。

八雲の姿が左手に見えたとき、隣に座る金魚の喉がひゅっと鳴った。狸八も息を呑む。

その美しさを語るのは野暮かもしれない。そう思うほど、梅之助の姿は人間離れしていた。光沢《こうたく》のある純白の絹を纏い、真紅の襦袢《じゆばん》が裾や袖から覗いている。同じく純白の耳と尾は暁と同じように、息子たちのものより一回り大きく、毛が豊かだ。

そして化粧だ。真っ白に塗った顔には、鼻筋を強調するために目張りが目頭の先まで引かれている。狐であることを示すこの化粧が、形の整った目鼻をより際立たせている。

八雲は舞台へと向かって滑るように歩く。本舞台よりも近く、梅之助が客の傍を通る。

一幕で藤吉が演じた八雲は、実体のある美しさだった。肉も骨もある、生身の八雲だ。しかし梅之助が演じることで、夢の中に現れた、神々《こうごう》しいほどの姿へと変わる。それは同時に、逆らいようのない母の姿でもある。

母の呼び声に、父の消えた方をいつまでも見つめていた珂雪は振り返る。そして凍り付く。美しく恐ろしい母の、怒りの形相がそこにある。

「珂雪や、そのような汚らわしい場所で何をしているのです」

「母上」

「六花がお前を探しています」

氷のような声だ。痛いほどに澄んでいる。

「早くお行きなさい。六花に任せていてはいけません。お前が仇を討つのです」

父の優しい言葉が、吹き飛ぶかのようだった。

珂雪の顔が強《こわ》ばっている。八雲の声には、息子が逆らうことを許さない厳しさがある。いや、厳しいどころではない。逃げ場がないのだ。珂雪の前には八雲しかいない。狸八の頬を、冷たい汗が一筋流れた。

「母上」

意を決したように、珂雪は言う。

「母上は、我らが仇を討てば幸せにございますか」

「仇のいる世で幸せなどと、いっそばかばかしいことよ」

「珂雪や」

「仇を討つことは、母上をお守りすることになりますか」

「そうでなければ討てぬほど、お前は弱い息子なのかえ」

母の口調は、いっぺんも柔らかくなることがなかった。言葉はそのまま珂雪に絡みついて枷《かせ》となり、進むべき方向を定めてしまう。

「はい、母上。六花の元へ参ります」

拳を握りしめて珂雪は答えた。

「兄弟ともに手を取り合い、必ずや、父上の仇を取ってご覧にいれましょう。母上はどうぞ心穏やかに、吉報《きっぽう》をお待ちくださいませ」

母は何も答えなかった。ただ、白い手を口元に添えるその仕草から、息子の答えに満足していることは伝わった。微かに笑っている。

笑いながらすっぽんの位置まで戻り、八雲はゆっくりと舞台の下へ消えていく。見ていただけなのに解き放たれたような気になって、狸八は静かに息を吐いた。母の姿を見送ると、珂雪は廓《くるわ》をあとにした。後ろ髪を引かれたのか、一度だけ振り返ったが、常盤への思いを振り払うかのように、袖へと消えていった。

四幕が終わり、最初に松鶴の元を訪れたのは衣裳方の春鳴と伊織だった。

「先生、十郎さんと梅之助さんの衣裳はどうでした」

己の腕に自信はあるが、それが松鶴の求めるものと一致するかまではわからない。声音からは、そのわずかな不安が見て取れた。

「まずまずだ」

松鶴の第一声に、春鳴と伊織の表情はわずかに曇った。

「いや、かなりいい出来だ」と、松鶴は言い直す。

「まあ、お褒めのお言葉、ありがとうございます」

春鳴がうやうやしく頭を下げる。

「今のままでも光って見えるようだが、もしかすると、十郎の方は出入りのときに煙を焚くかもしれねぇな」

間合いを見て、舞台の下で煙のよく出る葉などを燃やしておくと、せりを上下させるときに煙が切穴から上へと出ていくのだ。幽霊の登場などに使う手法で、狸八も以前、やったことがある。

「杉や松は勘弁してほしいですね。せっかくの白絹に、やにがついちまいます」

「だ、そうだ」

伊織の言葉を受け、松鶴が横の席を見る。本番では、せりの下で合図を出したり、十郎を案内したりするのは左馬之助の仕事だ。煙の役目も左馬之助が担うことになる。

「わかりました。狸八、『月夜之萩』のときは木の枝でやってたな」

「はい。あれなら、匂いや色はまだましです」

「あとで詳しく教えてくれ」

「はい」

頼んだよ、と言い、春鳴が尋ねる。

「そうだ先生、尾っぽは一本でいいですか？　暁は名のある狐のようですけど」

「九本もあったらせりに引っかかっちまう」

「ふふ、おっしゃる通りで」

「潔《いさぎよ》く一本がいいだろう。吉弥に九尾《きゅうび》が倒せるとも思わん」

「なるほど」

春鳴と一緒になって頷いていると、金魚が脇腹をつついた。

「そろそろ支度をしに行きましょう」

金魚と狸八の出番は六幕だが、それまでに支度がいる。そうだなと応じ、松鶴にも断って二人は席を立った。

春鳴と伊織の後方では、虎丸がじれったそうに待っていて、目が合うと眉を寄せた。これから説教をされることがわかっている子供のような顔だ。

松鶴は虎丸に何と言うつもりなのだろうか。

気にはなったが、もうじき五幕が始まってしまう。狸八と金魚は奥へと急いだ。

五、本物

五幕の芝居を、狸八と金魚は舞台の袖から見ていた。赤と白の布を運び込み、大道具方と手順を確かめ合いながらなので、見たというよりは聞いたという方が正しい。

新たに舞台上、下手側に現れたのは賭場の外観で、六花《りっか》が上手側の木の陰から、様子を窺っている。

「似た人相の男がいると聞いてやってきたが、本当にこんなところに吉弥がいるのだろうか」

訝しむ、朱雀の声が聞こえる。見物席よりも袖の方が近いのに、声は遠くに、ややくぐもって聞こえる。小屋のつくりのせいだろう。

舞台袖には、賭場で働く娘に扮した銀之丞と雲居竜昇がいる。どちらも黒や茶といった暗い色の縦縞《たてじま》の着物で、襟《えり》が黒く縁取られている。黒い襟は、芝居では町娘を表す。銀之丞の演じる伊勢は、竜昇の演じる鷹《たか》よりもいくらか若いようだ。

二人とも髪は結い上げてあるが、前髪は眉の上で短く切り、鷹の方は前髪を上げて櫛を挿している。鷹の方がよりはすっぱな娘らしい。帯に煙草入れも挟んでいる。

銀之丞の顔が強ばっている。何度か息を吐き、胸の辺りを手の平で叩く。それを見る竜昇に緊張している様子はなく、中ざらいで何をそんなに気負っているのかと、呆れの色すら見えていた。その仕草が、妙に役柄と似合っている。竜昇の尖った鼻と張った顎は、娘役と聞いて思い浮かべるほどの可愛《かわい》らしさも幼さもなかったが、目尻を赤く染めた細い目には、若いながらいろいろなものを見てきた娘の、湿った色気が滲んでいる。

ふと、動きがあった。小屋の奥へとつながる、大道具置き場に近い方にいた道具方が、次々と頭を下げる。

「ん、ご苦労さん。頼みますよ」

そう応えて袖へと入ってきたのは鳴神佐吉だった。着崩した黒い着付に、肩から羽織をかけている。腰には黒光りする鞘の刀が二本、歩くたびに揺れる。白狐の兄弟が探し求める仇だ。左の頬には、目の下から唇の横まで、長い傷が目立つように描かれている。

狸八たちが邪魔にならないようにそっと下がると、佐吉はその前で足を止めた。

「金魚と狸八か？　そのなりではわからないな」

全身真っ白の衣裳に身を包み、金魚はすでに前垂れも下ろしている。白く透ける前垂れは、外から見ると顔が一切わからない。

「どうだ、血飛沫の支度は」

舞台上では、六花が賭場へと近付いている。もうじき出番だというのに、佐吉はゆったりと微笑む。黒く濃く、目を縁取った悪人の容貌《ようぼう》には似つかわしくない表情だ。

「は、はい。稽古通りにいけば、いい出来だとは思うんですが、なにせ」

狸八は慌てて答えた。再び奥の方で皆が頭を下げる。もう一人の用心棒役、白河右近が入ってきたのだ。もともとの強面《こわもて》を黒を多用した化粧で際立たせ、草履を引き摺るように歩いてくる。すでに役に入りきっているかのようだ。

銀之丞と竜昇が、もう賭場の裏へと入ろうとしている。こんなことをしている場合ではないのではないか。狸八の心配をよそに、佐吉は頷いて笑う。

「舞台で試してみるまではわからないからな、何事も。まだ中ざらいだ、気負わずにな」

そう言うと舞台の方を向く。その途端、佐吉の顔が変わる。人相の悪い化粧だけでは隠せない品のよさを、自らの表情でもって消していく。これぞ役者だと言わんばかりだ。

佐吉は大股に歩くと、賭場の外の床几にどすんと腰を下ろした。口をへの字に曲げ、大きな動きでゆっくりと腕を組む。それが初めて舞台に現れた吉弥の姿だ。舞台の上手側では、六花が気付いて身を乗り出す。

音を聞きつけてか、賭場からはまず伊勢が姿を現し、鷹も顔を覗かせる。

「吉弥、どこに行ってたんだい」

まず伊勢が責めるように言う。銀之丞の声は、いかにも小娘という風だ。悪くない。

「小便だ」

「それにしちゃ遅かったね」と、今度は鷹が言う。雲雀《ひばり》の鳴き声のように癖のある、竜昇独特の声が似合っている。

「お鷹さんにはわからねぇ、いろいろのことがあるのさ。男にはな」

「ああそうかい。ま、暇だからかまわないけどね」

やさぐれた顔で、鷹は煙管を取り出し、火を点けて吸う。もちろん実際に火は点いていないのだが、そう見える。首の回し方や煙を吐くときの唇の形が秀逸だ。

「暇かい」

「ああ、客なら一人も来ねぇよ」

鷹の言葉を受け、伊勢が腕組みをして言う。

「伝蔵《でんぞう》さんのせいさ」

上体を吉弥に近付け、また離し、辺りをうろうろと歩き回って言う。

「伝蔵さんが、お客を派手に叩き出しちまったから、みんな寄り付かなくなったんだ」

吉弥は苦笑して頬傷の辺りを掻く。

「客がいなくなったのは、おめぇさんたちが、イカサマをやってることがばれたからだと聞いたが」

「ああ、それで怒った客を伝蔵さんが叩き出して」

「違うよ、お伊勢」と、鷹は大袈裟にため息をつく。

「お前がしくじったから客が怒って、お前に摑みかかろうとした連中を、伝蔵さんが追い出してくれたんだ」

「……するってぇと?」

「お伊勢がうまくイカサマやってりゃあ、今頃うちは、もっとうまいこと繁盛《はんじょう》してたのさ」

伊勢は両手を広げ、不満顔で天を仰ぐ。その仕草に、吉弥が抑えた声で笑った。袖では右近が呟く。

「うまくなってるじゃねぇか」

出番を待ちながら、若い役者たちの芝居に目を光らせている。

「佐吉さん、ですか」

狸八は控えめに尋ねる。伊勢ははすっぱだが可愛げがある。狸八の目にはそう見えたものだから、右近の目にもそう映ればいいと思ったのだ。真っ白なりの金魚と狸八とを交互に見て、右近は苦笑する。

「なんだ、おめぇらか。先生んとこの」

ぺこりと下げる頭が揃う。

「四人ともさ。銀もだよ」

安心させるかのように言うと、若い役者ばかりが立つ舞台を、右近はしばし無言で見つめた。

舞台上では、向かい側の袖から孔雀が現れ、朱雀と合流した。数日ぶりの再会だ。芝居の中心が兄弟へと移るため、佐吉たち三人は声を出さず、身振りだけで芝居を続けていく。

「すまなかったな、六花」

父に向けた縋《すが》るような声とは違う。珂雪《かせつ》は腹を決めたのだ。

「兄上」

兄の覚悟を見取ってか、六花は数日の不在を責めることはしなかった。

「あの男が、父上の仇でございます」

「そうか、あれがな」

「なんでもあの賭場で、用心棒をしている様子」

「そうか。では、腕は立つのだな」

「なんの、そんなことで怯《ひる》む我らでもございますまい」

六花の方が母親に似たのだなと、狸八は思う。心の強さは、幼さだけが理由ではないだろう。

「ああ、もちろんだ」

そう応え、珂雪は六花の横へと、青い袴の片膝をついた。ふう、と右近が息を整える。

「孔もな。立派になった。呪いなんざ……」

右近はぽつりと言うと、間合いをはかって出ていった。右近一人がいなくなっただけで、舞台袖はぽっかりと穴が空いたかのように寂しくなった。

「おう、なんだなんだ、三人そろって油売ってやがんな」

「伝蔵さん」

代わりに、舞台には火が灯《とも》る。今までで一番大きな火は、舞台上の役者たちにも見物席にも、安心を与えるのだろう。

「そういや吉弥、聞いたぞ」

「おや、なんです」

「おめぇ、ここへ来る前に、狐を斬ったそうじゃねぇか。たいそう大きい、真っ白な化け狐をよ」

「化け狐？」と、鷹と伊勢とが声を揃えた。

「本当なのかい、吉弥」

　鷹が尋ねる。

「ああ」

　吉弥は刀を地面に突き立てて立ち上がると、それをまた腰に差しながら、皆に話して聞かせた。

「あれは俺が諏訪の山を越えたときのことよ。小さな白狐の兄弟が、何やら戯《たわむ》れて遊んでおった。ちょいと近付いた。人を見たことがあるかは知らんが、どれ、からかってやるかと思ってな。すると子狐たちの傍の茂みから、大きな狐が飛び出してきたのだ。あれは父狐であろうな」

　一つずつ思い出すように、吉弥は丁寧に言葉を紡《つむ》いでいく。

「俺は急ぎ山道を下った」

　逃げ出したのかと鼻で笑う伝蔵に、吉弥は言う。

「熊《くま》も猪《いのしし》も狐も同じだ。子を守るためならば、獣は人を恐れない……戦わずに済むならば、それがよい。だが、麓に近いところで、栗拾いをしている子供らがいてな。後ろを見ると、狐は白い虎に化けていた。俺は子供らに逃げろと叫んだが、子供らは、はや腰を抜かしていた」

なるほど、と伝蔵が唸る。

「それでか」

「やむを得なかったのだ」

木の陰では、珂雪と六花が泣いていた。真綿の色の袖を目に当て、歯を食いしばり、声を殺して泣いていた。

「子狐どもにはかわいそうなことをしたが」

吉弥の言葉に、六花は弾かれたように顔を上げた。

「おのれぇ！」

今にも飛び出そうとする六花を、珂雪が体ごと押さえて止めた。

「今はよせ！　四人相手ではあまりにも不利だ」

「ですが兄上！　仇に憐《あわ》れまれるなど、この上ない屈辱にござりまする！」

「わかっている！」

珂雪は六花を落ち着かせると、正面に回って静かに説いた。

「あの男が一人になったところを、確実に討ち取るのだ」

「確実に」

「そうだ。そのために、稽古に励もう……おや」

見上げる珂雪につられ、六花も目を上げる。

「雪だ」

「父上の涙かもしれませぬ」

珂雪は六花の頭をぽんと撫でた。

「一旦、退こう」

狐の兄弟が上手の袖へと駆けていくと、賭場の方でも皆が雪に気付く。

「やだよ、降るかねぇ」と、鷹が手の平を空へと向けると、伝蔵も言う。

「積もると厄介だな」

「お伊勢、外に出してあるもん片付けな。吉弥はそれを中に入れて」

「はぁい」

気怠そうな伊勢の返事とともに、皆が動き出し、幕は閉まっていく。

幕が端までぴたりと閉まり、役者たちが素早く袖へと戻ると、大道具方が一斉に動き出した。棟梁の源治郎が指示を出していく。

「賭場を引っ込めぇい！　そうしたら、下手からも木立を出すぞ！」

「おう！」

「上手！　木をもっと奥へ寄せな、佐平次、吾助！」

「はいよ！」

「おう、そうだ、そこでいい！」

大道具方の手際のよさに、いつの間にやら狸八は見惚れていた。無駄のない動きで、賭場の外観も木立も大きいのに、互いにぶつかることもなく出し入れされている。指示を出す方も応える方も大声を張り上げているが、見物席までは案外届かない。幕が厚いのだな、などと考えていると、源治郎の大きな目がぎょろりとこちらを向いた。

「よし、おめぇら行っていいぞ。気ぃつけて敷け」

「はい！」

金魚と返事の声を揃え、二人は布を抱えて舞台へと向かった。舞台では、動かした木立に、小道具方が綿を撒《ま》いている最中だった。枝や葉にまで、丁寧に綿を載せていく。高いところは、梯子をかけて天井の梁《はり》に登った大道具方の亀吉が手伝っていた。亀吉はこのあと雪を降らせるため、六幕の間中そこにいる。

人の間を縫うようにして、狸八と金魚は、三人が立ち回りに臨《のぞ》むちょうどその背後辺りの床に赤い布を広げた。その上に白い布を、赤い色が漏れないように被《かぶ》せる。雪は舞台の前方と奥とに敷かれ、真ん中は廊下のように長く板の間が見えている。布の上では動き回りにくいからだ。前方と奥だけでも、辺りに雪が積もっていることは伝わる。

「よし、こんなところか」

「ええ、うまく血が隠せましたね」

道具方たちも、支度を終えて袖へと下がっていく。二人は間合いを見て舞台へ出て、金魚が赤い布を巻いたものを放り、狸八が白い布を横に剝いでいくという算段だ。うまくいけばいいのだが。

「狸八さん、これ、忘れないでくださいね」

金魚が前垂に覆われた、自分の顔を指差す。

「ああ、そうだった」

狸八も前垂を下ろす。白い前垂に透かすと、辺り一面、雪が降っているかのように見えた。そのまま見るよりも、目の前が少し明るくなった気がする。

「では、あっしらもはけましょう」

「ああ」

『雪中白狐華宴』、最大の見せ場だ。高鳴る胸を押さえ、何度も息を吐く。うまくいけ、うまくいけと、狸八は胸の中で念じ続けた。

困りましたねぇ、と喜平太が言った。目の前には数頭の馬がいる。わざわざ旅籠の多い小伝馬町《こでんまちょう》へとやってきたのは、馬を見るためだ。松鶴に言われたからだ。本物の馬を見てこいと。

「そうですねぇ」

馬たちはもそもそと藁《わら》を食《は》んでいる。よく躾《しつ》けられているのか、芝居の中のように暴れ回る馬は見られそうになかった。

「街道沿いへ行ってみましょうか」と、喜平太が言う。

「それか、橋を渡って亀戸《かめいど》とか、向島《むこうじま》の方はどうですか」

農家の多い土地を勧めてくる。

「そうですねぇ」

「どちらにしますか」

「そうですねぇ」

狸八がそれしか言わないものだから、喜平太は諦めたように、厩《うまや》の柵に両手をついた。喜平太の声は耳に入っているのだが、言葉が頭に入ってこないのだ。

しばらくして、はっと我に返る。

「ええと、どこでしたっけ」

「街道か、川の向こうの亀戸辺りはどうかと」

「亀戸、亀戸に行ってみますか」

「ええ、そうしましょう」

二人並んで歩き出すが、足取りは重かった。狸八は何度もため息をつく。


昨日行われた中ざらいは、概《おおむ》ね順調だった。

大詰の六幕に登場する役者は、紅谷兄弟と佐吉の三人だけだ。そのため、袖はがらんとしていた。みな、見物席の方へと回っている。

舞台では、珂雪と六花の兄弟が狐の本性を現して、吉弥を待ち伏せていた。雪の降り積もった、白銀の朝だ。

佐吉がそこへ向かう。何気ない様子で、しかし何か覚悟を決めたような顔で足を運ぶ。

「汝《なんじ》は流星傷の吉弥よな。我らが父を討ちし大悪人、ここで逢《お》うたが優曇華《うどんげ》の、花を待ちたる今日の対面！」

珂雪がぶつけるように言い放ち、続いて六花が叫ぶ。

「親の仇だ、いざ、尋常に、勝負！、勝負！」

斬り合いが始まる。三味線が激しく掻き鳴らされる。それは鋭い太刀捌《たちさば》きを表す。ときどきぽんと鳴る鼓は、軽やかに跳ね回る狐たちの足取りだ。そこへ、雪が降り始めた。今だ、と目で合図して、金魚と狸八は姿勢を低くし、舞台に飛び出した。

まず、六花が吉弥の刀を受けた。ぎゃっと叫んで、六花は倒れる。獣の声だ。金魚が高く放った赤い布は、宙でほどけて六花の体にかかる。弟を背に庇い、振るった珂雪の刃が吉弥を袈裟懸《けさが》けに斬った。だが、吉弥も最後の一太刀を珂雪に振り下ろす。間合いを合わせて次々と金魚が放った布は、天女《てんにょ》の羽衣《はごろも》のようにひらひらと舞い、そのうち一枚は吉弥の肩にかかった。

狸八は中腰のまま床を擦るように歩き、白い布を剝いでいく。現れた血だまりの上へ、珂雪がゆっくりと倒れた。弟と己と、仇の血でできた血の海だ。

金魚は上手へ、狸八は下手へ、それぞれ白い布を引きながら滑り込み、布を手繰《たぐ》って集める。舞台中央に広がる見事な血の海は、見物席からも見えるだろう。

「すまんな、どうか来世では人なんぞに出会うことなく、穏やかに暮らすといい」

その言葉を残して、吉弥は片足と赤い布を引き摺りながら、ゆっくりと去る。

下手へと佐吉が戻ってくる。

舞台上では珂雪が這《は》いながら、六花に半ば乗りかかる。

「六花、六花」

六花は答えない。いくら揺すっても、六花の体は揺すった通りに揺れるだけだ。

二人の上に雪が降り積もっていく。はらはらとした紙の雪は、柔らかく儚《はかな》く、血の海にも白く積もる。囃子方が悲しみの音色を奏でる。

珂雪は天を仰ぎ、その手の平に雪を受け止めると、ゆっくりと、頭を六花の体に載せた。顔は見物席の方へ向いている。珂雪は目を閉じ、悲しみの音色も絶えて終幕となる。

狸八はその様子を、袖で鼻をすすって見ていた。二人の最期は、涙でよく見えなかった。幕引きの欣五が、狸八の顔を見て苦笑し、また幕を開けるために反対側へと走っていく。

急に皆が動き始め、ざわざわとしている中で、珂雪と六花が息を吹き返した。そこへ吉弥も歩み寄り、立ち回りの手順か何かについて話している。金魚が白と赤の布を集めているのを見て、狸八も慌てて舞台へと向かった。

「間合いはよかったんじゃないか？」と、鼻をぐずぐず言わせて尋ねる。

「そうですね。間は、よかったと思うんですが、佐吉さんにかかってしまったのが気になります」

見物席から作者部屋の面々と、喜代蔵や十郎、右近もやってきて、舞台のすぐ下の一段低いところから、紅谷兄弟と佐吉とにそれぞれ何か伝えている。話は狸八にも聞こえていたものの、十郎と孔雀、朱雀の狐の親子の美しさに見惚れ、声は素通りして去ってしまった。

それが一通り終わったあとで、松鶴は見物席を見回すと、銀之丞を見つけて手招きした。五幕のあと、娘の衣裳のまま平土間へと移っていた銀之丞は、裾を大胆に持ち上げて、席の仕切りを跨《また》いでやってくる。その様子に松鶴が呆れる。

「おめぇは、台無しだな」

「へへ、今はお伊勢じゃねぇもんで」

悪びれない銀之丞を、松鶴はじっと見つめた。

「そうだ、そのお伊勢だがな。男でもいいかもしんねぇな」

え、と声は口から足元へとこぼれた。

「竜昇のお鷹がなかなかいい女だ。華がある。小娘は要らねぇかもしれねぇ。それよりは、賭場のもんをみんな男にして、お鷹がそれを仕切る姐御《あねご》ってぇふうにした方が、よさそうだと思ってな」

銀之丞は目を丸くして、自分の顔を指差した。

「じゃあ、俺は」

「賭場の男衆だ。とても立役なんてぇ役じゃあねぇが」

「よ、よっしゃあ！」

歓喜の叫び声が戯場にこだました。

「金魚！　狸八！　聞いたか！　俺、男の役だ！」

なおも叫びながら、見物席の仕切りに片足を乗せる。

「だから、その格好で足広げんじゃねぇよ」

松鶴も裏方たちも、役者たちも笑っていた。朱雀はやれやれと言うように、眉根を寄せている。右近がこちらに目配せする。銀之丞もうまくなっていると、右近も認めていた。

「よくても悪くてもうるせぇな、おめぇは」とぼやいたあと、松鶴は見物席に春鳴と宗吉の姿を捜す。

「おう、悪りぃな。そういうことだからよ、手間だが、銀の衣裳と鬘を作り直してやってくれ」

「あいよ、先生」と宗吉がにっかりと笑って応え、春鳴も言う。

「手間だなんて思いませんよ、先生。あたしらは、役者に尽くすのが仕事さね。よかったねぇ、銀」

頷く銀之丞の目には涙が浮かんでいた。つられて狸八も泣きそうになり、前垂を上げて指先で涙を拭う。白い手甲《てっこう》を汚してはいけない。

「ああ、それと、金魚、狸八！」

松鶴がくるりとこちらを向いて呼ぶ。狸八と金魚は布の山を抱えたまま、急いで舞台中央へと向かい、膝をつく。

「ありゃあ駄目だ」

軽い調子で飛んできた言葉は、狸八と金魚を通り過ぎながら斬り、そのまま舞台へと染み込んでいった。このままのやり方で本番に臨むことはない。そう松鶴はすでに決めているのだと、はっきりとわかる。

銀之丞のことで熱くなっていた体が、一度に冷めた気がした。辺りも心なしかしんとする。

「駄目、でしたか」

「稽古場じゃまだましだったが、離れると血にゃあ見えねぇ。最後の幕があれじゃあな。佐吉、おめぇはどうだ」

名を呼ばれた佐吉が進み出る。

「悪くはないと思いましたが、引っかかると立ち回りの妨げになりますね。稽古場とは風が違う。そのせいでしょう」

佐吉は戯場の東西、天井に近いところにずらりと並ぶ窓を見上げた。

すみません、と金魚が頭を垂れる。うまくいくかわからないことを、本番でやるわけにはいかない。

「いや、中ざらいでわかってよかった。まだ時はある」

佐吉の寛容な言葉に、金魚はほっとしたように頷いた。松鶴は床に敷かれた赤い布を手に取る。

「平土間は低い。下のはほとんど見えやしねぇし、金魚の方も何をやってんのか今ひとつだ」

「すみません。考え直します」

狸八は肩を落として、抱えた白い布に目をやった。

「おめぇの案にしちゃあ出来が悪りぃな」

「い、いえ、これは小道具方から、その、こうやるようにと」

とっさに口に出したものの、罪をなすり付けているようで、後ろの方はほとんど声にならなかった。松鶴は顎に手を当てる。

「はっ、雷三さんめ、怖気《おじけ》づいたな」

「ま、それもわからなくはねぇよ」と、喜代蔵が横から言う。

二十五年前の有り様を見ているからこそだろう。松鶴も、それ以上小道具方を責めることはしなかった。

「ともかくだ、血は別のやり方を考えろ。いいな」

「血糊なしで、ですよね」

「おうよ。たりめぇだ」

狸八は金魚に目をやる。先に腹を括《くく》ったらしい金魚は、はっきりと「わかりました」と答えて頭を下げた。狸八も金魚にならい、顔を上げたときには、もう松鶴は源治郎と話し込んでいた。左馬之助だけが、同情するような目を向けている。

「どうするか」

独り言のように呟くと、すぐさま返事がした。

「知恵を絞りましょう。やるしかないんですから」

遠くからでも、一段低いところからでも、一目でわかるような血飛沫と血だまりをつくるにはどうしたらいいか。布の山を抱えたまま、狸八はただただ唸っていた。

一晩悩み抜いても何の手立ても浮かばず、喜平太と馬を見に出かけても、狸八は心ここにあらずだった。赤い布は良い案だと思っていただけに堪《こた》えた。昨日は雷三も文四郎も申し訳なさそうで、かえって中二階の仕事場には居づらくなってしまった。

「血、血ですか……血飛沫、血だまり、血の海」

話を聞き、喜平太も歩きながら考えてくれるのはありがたいが、口から出る言葉がどれも物騒なので人聞きが悪い。

馬喰町《ばくろちょう》を抜けて隅田川《すみだがわ》へ架かる両国橋《りょうごくばし》に差し掛かったとき、喜平太が、あれ、と声を上げた。東両国へとつながる混み合った橋の上に目を凝《こ》らしている。

「あれ、山瀬さんじゃないですか」

見ると、たしかに山瀬が橋の欄干《らんかん》に肘《ひじ》を付き、隅田川を見下ろしている。背後を賑やかに棒手振《ぼてふ》りが通るが、見向きもしない。向こうから来た浅蜊《あさり》売りと、浅草から来たおこし売りとがすれ違う。浅蜊売りは深川《ふかがわ》からわざわざ来たのだろうか。

「山瀬さん」

近付いて声をかけると、山瀬はおそるおそる振り返った。

「ああ、なんだ、狸八さんか。喜平太も」

どことなく浮かない顔をしていた。昨日の山瀬の芝居を、松鶴も喜代蔵も褒めていたと聞く。そんな顔をする謂《いわ》れはないように思うのだが。

「どうしたんです、こんなところで」

昨日の中ざらいの疲れもあり、今日の稽古は昼で終わったと聞いた。何かあったのだろうか。山瀬は足元に目を落とし、頭を掻く。

「いやあ、なんだか居づらくてさ」

「小屋にですか」

欄干に背を付けると、山瀬はそのままずるずると下へ腰を下ろした。

「中二階は慣れませんか」

「いや、そうでもないんだけどさ。中二階には銀もいるし、まあ、銀は変わんねえからさ」

ただ、と言いかけて、山瀬は一度言葉を切った。

「なんとなく、稲荷町に顔を出しづらくなっちまって」

狸八は喜平太と顔を見合わせる。

「錦さんや甚六《じんろく》さんたちと、毎日のように湯屋に行って、若狭屋で飲んで食ってたのに、なんだか、そこに入りづらくなっちまってさ。あ、錦さんたちが俺を避けてるってんじゃねぇよ？　俺だって避けちゃいねぇ。たぶん、錦さんや甚六さんは俺の邪魔をしないようにって思ってて、俺は、それが寂しいんだ」

山瀬がいなくなって、確かに稲荷町は変わった。狸八がそこにいるのは寝起きをするときだけだが、それでもわかる。今までになく、ぴりぴりと張り詰めた感じがある。賑やかだった山瀬がいなくなったというのもあるだろうが、皆、山瀬のように突然本狂言に抜擢《ばってき》されることがありうるのだと、今さらながら気付いた風だった。

それまでは、上から順に抜けていった。実力の順でいえば、次は市之助か虎丸だろう、女形なら藤吉だろう。そう誰もが思っていたことが覆ったのだ。もっとも銀之丞のように、本狂言へ行ってから、まともな役がもらえるまでが長いということもあるのだが。

「前に、虎丸が言ってたろ。また馴《な》れ合ってんのかって」

「ええ」

去年の夏頃だったか、じゃれ合う山瀬や錦太たちを見て、虎丸は苛立《いらだ》っていた。

「ここは互いに足を引っ張り合う稲荷町だって。どうやって這《は》い上がる気だって」

「ええ、虎丸さんは厳しいですから」

「俺は馴れ合ってるつもりなんてなかったんだ。みんな同じ芝居をやる仲間だし、楽しい方がいいしさ」

「ええ」

頷きながら、狸八は山瀬の傍らに片膝をつく。喜平太もしゃがみ込んだ。

「足を引っ張るとか、考えたこともなかった。市之助さんから順番に上にあがって、それかみんな一緒に本芝居に移れるもんだと、なんとなく思ってたんだ。考えてみれば、そんなはずもねぇのにさ」

俺が一番先だなんて思わなかったんだ。

山瀬は繰り返し、そう口にした。

知らぬ間に誰かの足を引っ張って、知らぬ間に誰かを踏み台にしていたのではないか。あれだけ世話になっておいて、不義理をしたのではないだろうか。稲荷町の皆に、疎《うと》まれてはいないだろうか。

ただ、みんなで楽しく芝居がしたかったのだと、泣きそうな声で山瀬は言った。

「銀はすげぇな。馬鹿にされても腐らねぇし。朱雀さんや梅之助さんに気に入られても偉ぶらないで、稲荷町にいようがいまいが、変わらず連中と付き合ってんだ。俺にも変わらないんだぜ。同じ楽屋だけどさ。よかったなとも言わないんだ。ああ、でも、お前台詞多いな、とは言われたな」

俺にはできねぇや、と少し笑って、山瀬は両膝を立ててそこに顔を伏せた。山瀬の出番がある四幕は、孔雀と二人だけでの芝居が続く。初めての本狂言後半の出番で、主役の相手を務めるのだ。稽古は一段と厳しくなる。目まぐるしく変わる周囲とその重圧に、押し潰されそうなのだろう。仲の良い者も傍にはいない。

喜平太が慰めようと背中に手を伸ばし、途中で引っ込めた。役者でない者にはわからない。狸八にも喜平太にも、本当の意味で山瀬の心を汲《く》んでやることはできない。

喜平太と目を合わせ、狸八は首を横に振る。その喜平太の上に、ふっと濃い影が落ちた。

「じゃあ稲荷町に戻ってくるか？」

刺々《とげとげ》しい声に顔を上げる。山瀬の正面に仁王立《におうだ》ちしていたのは虎丸だった。

「いつもぎゃんぎゃん騒いで、がきみてぇな奴だと思っちゃいたが、本当にがきだな」

「虎丸」

山瀬が、きっと睨みつける。二人の間に火花が散ったかのようだった。狸八と喜平太はともに一歩引いて、その火花をよける。

「連中は、べつにお前のことを疎んじゃいねぇさ。おめぇの邪魔になるなんてことも考えちゃいねぇ」

「ずいぶん前から聞いてたんだな。立ち聞きか」

「歩いてたら聞こえたんだ。気付かねぇそっちが悪りぃ。連中は自分のことで精一杯なのさ。なにせ、周りが全員敵だと気付いたんだからな。やっと他人を出し抜く気になったようだぜ」

「俺はみんなを出し抜いちゃいない」

「そう思ってるがいいさ。戻りたくはねぇんだろう、稲荷町に」

これ以上は喧嘩《けんか》になると見て、狸八は慌てて二人の間に割り込んだ。

「と、虎丸さんはどうしてここに」

山瀬の方は喜平太が押さえているが、押さえているというよりは、山瀬を盾に虎丸から隠れているようにも見えた。正月に首を絞められたことを忘れていないのだろう。

「どうしてと言われてもな」

口調が急に頼りなげになる。虎丸も心なしか表情が暗い。ふと思い出し、狸八は尋ねる。

「昨日の中ざらい、松鶴先生にはなんと言われたんです？」

苦虫を嚙み潰したような顔で、虎丸は両国橋の欄干に両腕を乗せ、隅田川の流れに目を落とす。

「孔雀さんと同じ役をやってるようには見えねぇと言われた。色気が足らんとさ」

「色気、ですか」

狸八は思わず空を仰ぐ。以前、虎丸が岩四郎と同じ役を演じたことがあった。一、二幕は虎丸、三幕からは岩四郎が同じ男を演じ、そのときはとても自然にあとの幕へと引き継がれたのだが、言われてみれば二人ともからりとした気質が似ている。普段から艶があり、気位の高い孔雀とはだいぶ違う。

「背格好のせいじゃねぇの」と訊いた山瀬を、虎丸はひと睨みして黙らせる。そんなことは承知の上だ。

「てめぇらに訊いたところで答えが出ねぇのはわかっちゃいるが、仮にも狸八、てめぇは作者部屋の人間だな。どうしたら色気が出る。知ってるなら教えろ」

「どうしてと訊かれても」

狸八は困り果てて頭を掻いたが、だいぶ前に松鶴の言っていたことが、ふと頭を過《よ》ぎった。

「女形をやってみてはどうですか！　孔雀さんは娘役もやるようになってから色気が出たと先生が」

「ばか野郎！」

怒鳴られて、思わずひっと声を出す。山瀬が腹を抱えてげらげらと笑った。

「くそ、てめぇに訊いた俺がばかだったぜ」

「淀滝《よどたき》でもやらせるつもりかい、狸八さん」

山瀬は涙を拭う。淀滝は、かつて見世物小屋にいたという怪力の大女だ。身の丈は七尺近くあり、碁盤で扇《あお》いで風を起こし、米俵《こめだわら》を片手で持ちあげたという。元は品川の遊女だそうだが、身の丈七尺の遊女では、布団も誂《あつら》えなくてはならなかっただろう。

「淀滝で色気が出るか。ばかが」

「ちげぇねぇや」

呆れていた虎丸が、今になっておかしくなったのか噴き出した。そこに山瀬と喜平太も加わって、三人で笑っている。虎丸が橋の向こうへ顔を向ける。

「東両国か。ちと見てくるか」

「淀滝をかい？」

「もういねぇだろ。おめぇまで何言ってんだ」

立ち上がる山瀬の顔は、先ほどよりも晴れ晴れとしていた。頭の後ろで両手を組む。

「はは、色気のある見世物なんかねぇと思うけど、おもしろそうではあるな。そうや、二人はどこへ行こうとしてたんだ？」

「あっしらは、亀戸の方まで馬を見に行くところでした」

喜平太が答えると、虎丸が眉を寄せた。

「二幕の馬か？」

「はい、あっしも先生からだめだと言われまして」

虎丸は、そうだろうなという顔をしている。

「狸八はそれに付き合ってんのか」

「ええ、まあ」

「ありがたいのですが、でも狸八さんも、いろいろ悩んでいることがおありで、上の空でして」

喜平太が唇を尖らせると、六つの目が狸八に集まる。六幕の血について話すと、一様に、ああ、と声を漏らした。

「先生の言うことはわかるな。あれは俺にも血には見えなかったぞ。っつうか、邪魔そうだったな。朱雀さんも佐吉さんも」と、虎丸は口の端を曲げて言った。

「やはりそうですか」

「じゃあまだ手立ては見つかってないんだ」

ええ、と山瀬に頷く。

「外を歩いていたら、思いつくかもしれないと思いまして」

閃《ひらめ》くかどうかは運任せではあるものの、部屋の中で頭を抱えて唸っているよりはいい。

「じゃあ、東両国行って、亀戸まで歩こうか」

山瀬が言った。そうだなと、当然のように虎丸が賛同する。

こうして答えの出ない者ばかり四人で、東両国へと行くことになった。

曲独楽《きょくごま》や軽業《かるわざ》、人の言葉を喋る色鮮やかな南蛮《なんばん》の鳥などをふらふらと見て、笑い、驚き、喉が渇いて棒手振りからぬるい甘酒を買った。そのうちに飽きて、亀戸村へと向かう。田畑が広がってくると、さすがに東両国の賑わいも聞こえなくなった。風が草の葉をさらさらと揺らし、温かく湿った土の匂いを運ぶ。

「あっ、馬がいます。ちょいと行ってきますね。皆さんはどうぞ休んでいてください」

馬を連れて歩く初老の男を見つけ、喜平太が畦道《あぜみち》へと駆けていく。田植え前、今は田おこしの時期だ。馬の脚は泥で汚れていた。

道の脇、木陰の草むらへ、虎丸が大の字に寝転んだ。その左右へ、狸八と山瀬も腰を下ろす。

「ありゃあだめだな」

頭の下で手を組んで枕にし、虎丸は遠目に馬の方を見る。

「利口そうな顔してら。ありゃあ、暴れる馬じゃねぇ」

脚の太いずんぐりとした馬は、おとなしく喜平太に撫でられている。

「そのようですね」

答えて狸八も寝転んだ。東両国では年甲斐《としがい》もなくはしゃいでしまい、少し疲れていた。虎丸が誰にともなく呟く。

「色気のある大女はいなかったな」

「お気の毒様。芝居の役には立たねぇか」

しばし考えて、虎丸は答える。

「いいや。どうせ見世物小屋のもんなんて、にせもんだ」

山瀬は手慰みに草の葉を小さくちぎっていた。それを両手いっぱいに溜《た》めて、上に向かって放り投げる。

「どうか来世では、人なんぞに出会うことなく、穏やかに暮らすといい」

若草色の雪の中で低い声を出すが、聞き慣れていないせいかわざとらしかった。

「なんで吉弥の台詞なんだよ」と、虎丸があくび交じりに言った。

「敵役なんて縁がないからさ。たまにはいいだろ」

最後の雪がはらりと落ちる。ちぎったばかりの葉から青い匂いが立つ。

「縁がないとも限らないんじゃないですか？　銀だって、娘役ではなくなりました」

そう言うと、山瀬は芽吹く梢《こずえ》を見上げて笑った。

「銀、よかったよな」

「ええ」

「先生に認めさせたんだな」

芝居の中で何をすべきか、銀之丞には見えたのだ。そして、それに相応《ふさわ》しい芝居をした。だから松鶴も、銀之丞に任せてみようという気になったのだろう。役者が育つ瞬間を、狸八は目の当たりにした。

「あんたもだろ？」

虎丸の声の先にいる山瀬は、目を瞬いた。

「あんただって、先生が認めたから四幕に出るんだろう。頭数《あたまかず》を揃えるためじやねぇと思うぜ」

腕を枕にして虎丸が体を横に向ける。

「そうかな」

「何を弱気な。くだらねぇ」

「くだらねぇとはなんだよ」

むっとしたように山瀬が言う。

「くだらねぇさ。稲荷町の連中なら、ほっといてもあんたの後ろを勝手に追いかけるさ。あんたはただ、先を歩きゃいいだけだろう。びくびくしやがって、情けねぇ。くだらねぇよ」

山瀬は考え込むように足元を見て、それから顔を上げて、馬とじゃれ合っている喜平太を眺めた。よほど利口な馬のようで、飼い主が声をかけると、芸のように頭をぶるぶると振る。

「で、てめぇの方はどうなんだ?」

「はい?」

急に訊かれて狸八がきょとんとすると、苛立った虎丸が鼻の上にしわを寄せた。

「血だよ、血!」

「あ、はい！　血、血ですよね……どうしますかねぇ」

半日歩き回って、結局まだ何も思いついていなかった。

「あの赤い布な、ありゃお世辞にもいい案じゃねぇぜ」

それはもう耳が痛くなるほど、いろいろな人に言われている。かと言って、誰も別の案を出してくれるわけでもない。仕方ない。これを考えるのは狸八と金魚の仕事だ。

山瀬はまた、草の葉を集めてちぎっている。

「血糊が使えねぇっつったって、斬り合いなんだから、体にも血がかからねぇとだめだしな」

虎丸は真剣に考えてくれているようだった。山瀬はちぎった葉を風に乗せて道の方へと流す。きれいだなと狸八は思う。そうだ、きれいなものがいい。松鶴はこの芝居を、絵巻のようにしたいと言ったのだ。絵巻、絵巻、と繰り返し呟いているうちに思いつく。

「あの、赤い紙吹雪《かみふぶき》で血を表すのはどうでしょう！」

勢い込んで口にしたが、思いのほか手応えはなかった。

「布きれよりゃマシだと思うが」

「雪も紙吹雪だからなぁ、狸八さん。混ざるんじゃないか？」

紙吹雪は薄い紙を三角に切って使う。血を表すには軽すぎるか。

「いい手だと思ったんですがね」

だが絵巻には近付いた気がする。あともう一息、何かが欲しい。

お、と虎丸が何かを見つけて起き上がった。

「もう桜が咲いてんのか。気付かなかったな」

広がる田畑と民家の屋根の向こうにうっすらと、淡い色を見つけたのだ。山瀬が目を凝らす。

「まだ二分《にぶ》咲きってとこだよ。よくわかったなぁ」

「これでも花が咲くのを待つ男でな」

「風流なことで」

うわぁ、という声がして、見ると畦道の馬が両の前脚を持ち上げていた。怒った様子でもなく、あれも飼い主の仕込んだ芸の一つらしい。喜平太は田んぼに転がり落ちた。水が張られていなかったのは幸いだ。

「ああ、しょうもねぇな」

虎丸の声に重なるように、山瀬が笑う。その横で、狸八は遠く桜の木を見つめていた。

湯屋へ寄り、芝居小屋へと帰った頃には、とっぷりと日が暮れていた。日が落ちても風は生ぬるく、寒くはないが、すっきりともしなかった。長屋住まいの喜平太とは途中で別れ、虎丸と山瀬は若狭屋へと向かっていった。二人で飯を食う程度には、気心は知れたらしい。狸八は一人、小屋の楽屋口へと入る。

中二階に明かりが見える。狸八はとんとんと大梯子を上がると、小道具方の仕事場の暖簾をくぐった。行灯《あんどん》をいくつか集め、手元を昼のように明るくして、雷三と文四郎が、珂雪と六花の鞘の手入れをしている。その傍らで、金魚は煙草入れを磨いていた。遊女常盤のものだ。

「狸八さん？」

暗がりから現れた男が誰なのか、初めに気付いたのは金魚だった。

「どこへ行ってたんです、こんな遅くまで」

声には責める色があった。きっと金魚は一日中ここで小道具方を手伝いながら、血の表し方を考えていたに違いない。

「もうみんな片付けて帰るところだ。何かあるなら明日来な」と、文四郎が言う。

「その、話だけ聞いていただきたいんですが」

狸八は一つの行灯の脇に腰を下ろす。皆の顔はぼんやりと照らされて、まるで百物語のようだ。

「なんだ、話っつうのは」

雷三が紐の端を口にくわえ、くるくると鞘に巻き付けて留める。

「六幕の血飛沫や血だまりなんですが」

ぴたりと、三人が手を止めた。狸八は胸の奥まで息を吸い込む。亀戸から帰る道すがら、ずっと考えていたことを口にする。

「花びらでやりたいんです」

「花びら？」

金魚が問い返す。

「真っ赤な布を花びらの形に切り抜きます。冬ですから、椿《つばき》の花びらがいいでしょう。それを俺と金魚が、白い袋か何かに入れて抱え、兄弟と吉弥が斬り合うたびに撒くんです。こう、上に向かって、放るように」

狸八は手のひらを上に向けて放り投げる仕草をした。

「それが血飛沫です。斬り合うたびに花びらを撒けば、それが三人の足元に溜まって、だんだん血だまりになっていく」

狸八は三人の顔を見回した。

「どうでしょうか」

答えを待つ。暗がりに金魚の目がきらりと光った。

「いいと思います。椿の赤い花びらを血に見立てる……今、目に浮かびました」

最後は少し悔しそうな顔をして、金魚は小道具方の二人の方を向き直る。

「できるでしょうか」

問われて、雷三と文四郎は渋い顔を見合わせた。

「できるっちゃできるだろうが」

「骨が折れますね。花びらが何枚いるか」

狸八は頷いた。

「中ざらいで使った赤い布から、花びらを切り抜こうと思います。手間がかかるのはもう仕方ありません。何百枚になるかわかりませんが、本番まで、寝る間も惜しんで作りますよ」

「なんで花びらの形にするんだ」

雷三が尋ねる。それさえなければ、もっと早く作れるからだ。

「初めは、赤い紙吹雪にしようかと思ったんです。でも、紙吹雪では雪とまじってしまう。雪と血との差がなくなってしまう。血は雪より重い方がいい。それと、先生が、この話は絵巻のようにしたいとおっしゃっていたので」

雷三の白い眉が上下に動いた。

「派手な分には、先生もかまわないと思うんです。それに、演目の名は『雪中白狐華宴』です。華やかに見事に、あの兄弟の最期を飾りたいと思いました」

そこまで言って口を閉じると、油の燃えるじりじりとした音が妙に耳についた。雷三は、まいったなこりゃ、と呟いて、肩を震わせる。笑っているのだ。笑い声は徐々に大きくなり、やがて部屋中に響くほどになった。狸八たち三人は唖《あ》然《ぜん》として、古参の親方の顔を見つめていた。

「ったく、おめぇは、人を納得させるのがうめぇな」

雷三は手の平の底で涙を拭う。

「言われてみりゃあ、華の宴だ。はじめっから花しかなかったような気さえしてくらぁ。ああ、俺がおめぇくれぇ頭が回ったら、あのとき十郎をすっ転ばせることもなかったろうになぁ」

雷三の目尻に刻まれたしわに、涙が流れて光っていた。

「きれは花を作るのに使う縮緬《ちりめん》もある。鶴吉に言って出してもらえ。中ざらいのきれと合わせりゃあ、とりあえずは足りるだろう。それから花びらを切り抜いたら、こてでな、花びらに癖をつけな。先っぽ使って、くるっと丸めるようにな。その方が見栄えがいい。花らしく見える。こては衣裳方も持ってっから、足りなきゃ借りろ」

はい、と金魚と二人頷く。

「文四郎」

「はい」

「明日の朝一番で澤野屋《さわのや》、行ってこい。花びらの金型を拵えてもらえ。雷三の急ぎの用だと言ってな」

「はい」

「金型ですか」と、金魚が尋ねる。

「一枚一枚鋏《はさみ》で切り抜いてたら、手がばかになっちまう。何枚かきれを重ねて、金型当てて、木槌《きづち》で打つのよ」

「なるほど」

これだけ知恵を貸してもらえたのだ。花びらさえ作れれば、あとは狸八と金魚がどれだけうまくできるかだ。飛び散る血飛沫を、花びらを使って演じるのだ。雪の中に姿を消したままで。

「松鶴先生が認めてくだされば、いいんですが」

一抹《いちまつ》の不安を口にすると、すぐさま雷三が首を横に振った。

「なに、弱気になるこたぁねぇ。見事な血飛沫を咲かせりゃいいのさ。少なくとも、昨日までよりはよくなるだろうさ」

雷三は行灯の揺れる火を見てそう言った。

それからは毎日毎日、地味な作業の繰り返しだった。狸八がまず金型で赤い布を花びらの形に抜く。それに金魚が、火鉢の灰に突っ込んで熱したこてを当て、丸まるように癖をつける。ときどき交替しながら、朝から晩まで花びらを作り続けた。松鶴の用事などでどちらかが席を外したときには、小道具方や衣裳方で手の空いている者が手伝ってくれた。

たまたま小道具方の部屋へと顔を出した春鳴は、

「あんたたち、これを何枚作る気なんだい」と、呆れたように言っていた。

「今はなんとも。作れるだけ作るとしか言えないんです」

狸八はそう答えるだけだった。

五百枚くらいあれば足りるだろうなどと思っていたが、いざ作ってみると、五百枚など一抱えにもならなかった。血飛沫を三回も噴かせたら終わってしまう。当然、足元に血だまりができることもない。

花びらを大きくすれば、枚数は少なく済むし血だまりも簡単にできるのかもしれないが、舞い落ちるときの動きは繊細さを欠く。その辺りも鑑《かんが》みてだろう。文四郎が注文した金型は、本物の花びらより二回り大きい程度で、ひらひらと揺れながら落ち、遠目にも花びらだとわかった。さすがは熟練の小道具方だ。よくわかっている。

小屋の中にはいつでも木槌の音が聞こえ、小道具方の部屋は火鉢の熱でいつも暑かった。

花びらの数が三千枚を超えた頃、文四郎が白く塗った竹籠《たけかご》を二つ持ってきてくれた。深さがあり、中には同じく真っ白の巾着袋が入っている。その中に花びらを詰め、手が入る程度の大きさに口を絞れば、外からは赤い色が見えない。

「この籠がいっぱいになるまで、骨が折れるだろうが頑張りな」

「はい」

酷使《こくし》する手首をさすりながら、狸八は答えた。

ちょうどその日、六幕の稽古があると聞いて、金魚と狸八はあるだけの花びらを籠に詰め、二階の稽古場へと向かった。

何日も小道具方の仕事場に入り浸っていた狸八と金魚は、そこで銀之丞の姿を見て仰天した。若衆髷に結っていた頭は、月代がきれいに剃られていたのだ。

「へへ、涼しくなったぜぇ」

呑気《のんき》にも得意気にも見える顔で笑う。若衆髷はどうしても幼く見えるものだから、男っぷりは上がったのだが。

「いいのか？　剃って」

男の役だろうが女の役だろうが、芝居の間は鬘をつける。だが、女形の役者は普段から月代を剃らないというのが役者の世界の慣習だ。

「いいってことよ。俺はもう、娘役には戻らねぇからな」

ぱしっと自分の頭をはたく。銀之丞なりの決意の表し方なのだろう。

「その籠、なんだ？」

「それは秘密です」と、金魚が籠を背中へやる。

「ちぇっ、けちだな」

役者や作者部屋の面々が合わせて十名ほど集まってきたため、銀之丞は端へ行って虎丸の隣へ座った。虎丸は孔雀の芝居を見るために来ているのだろう。金魚が松鶴の元へと向かっていく。

「先生、血の支度ができましたので、よろしくお願いします」

「おう、端っこで待ってろ」

松鶴は短くそう答えた。

一回目の稽古は、紅谷兄弟と佐吉だけで手順を振り返りながら合わせる。金魚と狸八は裏方として、下座の後方からその様子を見守った。

名乗りを上げるほかは、ほとんどが立ち回りのみの場である。それぞれが刀を振りかぶり、振り下ろし、それを躱《かわ》し、切っ先を閃かせる。三人の動きをどう組み合わせたら、より華やかに、大詰に相応しくなるかと、何度も何度も、繰り返し動きを確かめながら思案する。

松鶴の「やめ」の声に手を止めた孔雀が、息を弾ませつつ、訝しげに眉をひそめた。

「朱雀、お前、ちょっとおとなしすぎるな」

佐吉に斬られた朱雀は板の間に伏していたが、起き上がって袖で汗を拭った。

「六花はもっと前に出ていい。気性からして、兄の前に出るだろうよ」

狸八も同じことを思った。六花の気性は母に似ている。

「そうでしょう、先生」

ん、と松鶴は頷いたが、朱雀はすぐには答えなかった。その顔がいつもより弱気に見えて、狸八は、もしやと思う。若狭屋で口にしていたことを、今も気にしているのだろうか。

「けど、兄さん。俺があんまりでしゃばるのはよくないだろう？　先生も」

狸八は思わず手を額に当てた。酒の席でならまだしも、この場では冗談にもなるまい。金魚も心配そうな顔をしている。

「でしゃばる？」

「客は、兄さんと佐吉さんを見に来てるんだからさ」

聞いていた佐吉は小さく笑うと、首を巡らしてあさっての方向を見上げた。孔雀は呆気《あっけ》に取られたように口を開く。

「本気で言ってるのか？」

朱雀は答えないが、顔は真剣だ。

「まさかお前、それで今の芝居、遠慮したのか？」

「遠慮もなにも」

ちっ、と舌打ちが聞こえた。銀之丞だ。板の間に立つ紅谷兄弟には聞こえなかったようだが、佐吉だけが気付いて苦笑していた。銀之丞の態度を叱る風ではない。

銀之丞は苛立ったように、爪で畳の目を何度も引っ掻いている。それを横目に見た虎丸が気怠そうにため息をついたが、こちらも黙ったままだった。

「呆れたね。この期《ご》に及んでお前ときたら」

稽古用の木刀で、自分の肩をとんとんと叩く。総髪に結った孔雀の長い髪の先が、それに合わせて揺れる。

「立役だよ。主役の一人だ。俺たち二人とも、この芝居の主役なんだよ」

「そうだけどさ」

「朱雀」

孔雀は弟の言葉を遮《さえぎ》って眉をひそめる。

「何年経ったと思ってるんだい、朱雀。いつまで役者の家の子になるのを怖がってるんだい」

朱雀がはたと動きを止めた。形のいい唇が、え、と声を漏らす。見透かされている。

「俺らが気付いてないと思ってるんだから呆れるよ。なぁ佐吉」

佐吉は黙ったまま微笑を返した。朱雀の顔がカッと赤くなる。

「この際だから言わせてもらうがね、お前は俺たちにも、親父《おやじ》にも梅之助にも懐いちゃいるが、金魚や銀といる方が気楽なんだろう。十郎さんにさえ、まだ遠慮があるな。十把一絡《じっぱひとから》げの役者ならそれでいいさ。だがね、お前はもう、看板の一人なんだよ。この鳴神座のね」

はらはらとしながら成り行きを見守っていた狸八は、不意に、朱雀が若狭屋の二階を好むわけがわかった気がした。二階は自分の居場所ではないと、心のどこかで思っているのではないだろうか。だから、ほかの役者と一緒でなければ上の階へは行かないのだ。

「兄さん」

「腹ぁ決めな、朱雀」

正面から言われて、朱雀は口を噤《つぐ》む。

「役者の家の子になったなら、もう死ぬまで役者の家の子なんだ。お前が何を思おうが、お前の勝手だよ。だが、それを芝居にまで持ち込むのはやめな。たとえ先生が許しても、俺が許さない」

俺も許さねぇけどな、と松鶴がぼそりと呟くのが聞こえたが、今は誰も返事をしなかった。左右に座る福郎と左馬之助が、同時に目をやっただけだった。

孔雀は弟を見て目を細める。

「お前を紅谷の家の子に、弟に選んだのは、俺だからな」

そうだ、以前、朱雀から聞いたことがある。十かそこらの朱雀を見て、孔雀は父親に「俺の弟にどうだろう」と言ったのだという。そのとき、朱雀の生きる道は決まったのだ。

それを幸運と見るか酷と見るかは人によるが、少なくとも孔雀の目は間違っていなかった。朱雀はこれほどまでの役者に育ったのだから。孔雀にとっては自慢の弟なのだろう。それを朱雀自身に卑下《ひげ》されては、怒りたくもなるというものだ。

一方で、朱雀の方は無理をしていたのかもしれない。役者の家の子らしくなるために、外からはわからない努力をしてきたに違いない。

「お前の都合に、六花を巻き込むんじゃない」

俺は偽物、兄さんは本物。

偽物はどう足掻いても偽物なのだと朱雀は言った。それは、無理と努力を重ねてきたがゆえに、否応《いやおう》なしに突き付けられる孔雀との違いを目の当たりにしてきたからこその言葉だったろう。

だが、狸八にとっては初めて見たときから朱雀は本物の役者だった。朱雀は何も間違えておらず、孔雀の見る目は正しい。

だからだ。だから、銀之丞は舌打ちをしたのだ。

朱雀は下を向き、黙り込んでいる。

「朱雀さん、俺は」

思わず立ち上がろうとした狸八の目の前に、すっと木刀が差し出された。それを握る手から体へ、顔へと目を移していくと、佐吉だった。

「言いたいことはわかるが、今は黙ってな」

思わず顔が熱くなり、狸八は言われた通りにおとなしくなる。佐吉は紅谷兄弟の方を向き直ると、木刀を杖のように床に突き立て、柄の上に両手を置いた。

「朱」

朱雀のことを、親しい者はこう呼ぶ。孔雀のことは「孔」と呼ぶ。鳴神家と白河家の、ともに鳴神座を率いてきた家の役者たちだけだ。こんなときでも佐吉に朱と呼ばれれば、朱雀は少しだけ顔つきが緩む。

「朱の苦労はわかっているつもりだが、孔の苦労もわかってやれ」

「兄さんの苦労？」

はは、と爽やかに佐吉は笑う。

「大変なんだぞ。紅谷朱雀の兄でいるのは」

「佐吉、よしな」

孔雀の制止を気にも留めず、佐吉は続ける。

「朱の上達があんまり早いものだから、追いつかれぬようにと、孔はずいぶんと稽古に励むようになってな。八郎さんが喜んでいたよ」

「おい佐吉」

朱雀は佐吉と孔雀とに、交互に目をやった。

「役者は一朝一夕《いっちょういっせき》になれるものではない。それは、役者の家に生まれた子でも同じだ。ただ、役と芝居の糸口を摑む、その手立てを幼いうちから繰り返し教えられる。繰り返して役者になっていく。俺も孔も梅之助も岩四郎も、そうやって育ってきた。梅之助とて、生まれたときはただの小太郎だ」

中ざらいの、袖から若い役者たちを眺めていた右近を思い出す。あの場に梅之助はいなかったが、右近の目には、八雲を演じた息子の姿も見えていただろう。

生まれたときはただの小太郎だった。それが今や、評判著《いちじる》しい人気役者だ。人は成長とともに変わる。そんな当たり前のことにも、寂しさと痛みとが伴う。本人も周りの者も、それは同じだ。

「お前も同じように、あの日から繰り返してきたんだろう。だったら、そろそろ俺たちと同じ看板を背負ってもらいたいものだがな」

朱雀は佐吉の言葉を嚙みしめるようにゆっくりと頷こうとして、途中で止めた。

「本当に、いいの？」

孔雀が片手で顔を覆い、ばかだね、と漏らす。佐吉は苦笑まじりに答えるが、けして呆れているわけではなかった。

「そうしてもらえないと、俺たちが困る」

朱雀の目が潤む。

「そっか」

佐吉がこちらを見て、促すように顎をしゃくった。

「あ、ええと」

おずおずと、狸八は立ち上がる。何事かと朱雀が赤い目で見る。

「俺は、朱雀さんの芝居、好きですよ。その、朱雀さんは本物だと、思います」

「なぁにを偉そうに」と、上座と下座で声が揃った。松鶴と虎丸だ。銀之丞は、けっと言って畳に寝転がり、金魚に咎められていた。狸八はついむきになる。

「いいじゃないですか、俺だってもう一年、芝居小屋にいるんですから」

「まだ一年じゃねぇか」

左馬之助にまでそう言われて、狸八はすごすごと引っ込んだ。こんなことなら言わなければよかった。この演目に、『雪中白狐華宴』に、新しい因縁が足されてはいけないと、内心焦っていたというのに。

「ありがと、狸八サン」

くしゃりと朱雀が笑う。長い睫毛《まつげ》が濡《ぬ》れている。本物、という言葉の意味が届いたようで、狸八も安堵して笑い返した。それから、ちらりと佐吉を見る。佐吉がこの場にいなければ、こうも丸くは収まらなかったかもしれない。

羨《うらや》ましいねぇ、という微かな声の主は虎丸だった。役者の家の子は、と続ける。聞こえているはずの金魚は唇を真一文字に結んで、朱雀のことを見つめていた。銀之丞がのそりと起き上がり、鼻を鳴らして応える。

生まれの違いにどれだけ悩もうとも、朱雀は運が良い。

銀之丞と虎丸には、そう見えるのだろう。もしも朱雀が二人のように、自ら役者を志してここへ来たのなら、与えられた大役に喜んで、孔雀の前に飛び出しただろう。悩みは、それを持つ者にしかわからない。だが、それをわからぬ他人を責めることもできない。銀之丞と虎丸の人生は、朱雀の人生とは違う。無論、狸八の人生とも、違うのだ。

「稽古を止めて悪かったですね、先生」

艶のある黒髪を翻して孔雀が言う。

「ん、終わったか？」

机に頬杖をついて眺めていた松鶴は退屈そうにあくびをしたが、作者部屋の者には、それが芝居であることはわかっていた。

「若《わけ》ぇもんはご苦労なこった。朱雀、生まれだなんだは、あと四、五十年も生きりゃ気にならなくなるぞ」

「先のこと過ぎてわかんないですよ」

不満げな朱雀の声にけらけらと笑う。

「精々長生きするこった。んで、六花はどう動いたらいいかはわかったな？　今さら言わねぇぞ」

「任せてください、先生」と、朱雀は頷く。

「よし。金魚、狸八」

はい、と返事をして、白い籠を抱えた金魚がすっくと立ち上がる。狸八も遅れてそれに続いた。

「おめぇらも入れ。血がどうなったか、見せてもらう」

「はい」

今度は声を揃える。金魚は兄弟の側の舞台上手に、狸八は佐吉の側の下手に片膝をついて控える。斬り合いが始まったら、それぞれしゃがんだままの摺り足《すあし》で、舞台へと出ていくことになっている。

金魚と目配せし、頷き合う。孔雀と朱雀が上手の端に立つ。

「よし、始め」

松鶴の合図で芝居が始まった。下手からすたすたと歩いて現れた吉弥の行く手を塞ぎ、兄弟が名乗りを上げる。

「我は諏訪の白狐、暁が子、珂雪！」

「同じく六花！」

ああ、と狸八は気付く。朱雀の声が変わった。兄よりも前に出る気の強さが、声にまで表れた。木刀を構える姿勢までもが違う。ちらりと松鶴を見ると、頬杖をついたまま、にやりと笑っていた。六花が先に刀を抜く。

「汝は流星傷の吉弥よな！　我らが父を討ちし大悪人、ここで逢《お》うたが優曇華《うどんげ》の、花を待ちたる今日の対面！」

「親の仇だ、いざ、尋常に、勝負！　勝負！」

決闘が始まる。刀を合わせる間合いを見て、金魚と同時に舞台へと出ていくと、三人の横、舞台奥へと陣取った。片手は真っ白な巾着の、少しばかり開けた口に突っ込んでいる。その中で花びらを一掴み、握る。

花びらの散らし方はいろいろと試したが、下から上へ向けて放り投げるように撒くのがやはり一番いい。役者たちの陰に隠れていれば、刀の触れたところから血が噴き出したように見えるだろう。

六花が前へ飛びかかるように踏み込んだ。刀を力任せに振り下ろす。籠の中身を知らぬままの、訝しげな顔の松鶴は、六花と吉弥の斬り合いで生まれた最初の血飛沫に身を乗り出した。

「ほう、花か……！」

刃が誰かの体に触れるたび、二人は花びらを掴んで放る。ひらひらと舞い落ちてくるその間に、次の刃がぶつかり合う。三人の起こす剣気に、花びらは思っていたのとは違う動きを見せた。ただ下へと向かうのではなく、横へ弾むように浮いたり、床に落ちかけた花びらが、蹴られてまた舞い上がったりした。一枚一枚にこてを当てて作った丸みが、風を摑み、踊る。

最後まで芝居を終えた役者たちは、立ち上がるとそれぞれに体につけた花びらを払い落とした。

「いいね、これ」と、花びらに埋もれた顔を上げて朱雀も笑う。

「体の上にどんどん積もっていくのがおもしろかったよ。俺、死んでいくんだなってわかったし、それが、なんだろうね、気持ちよかった」

「白い衣裳にも映えるね」

孔雀は上機嫌だ。佐吉も、頭の花びらを振り落として言う。

「軽いから芝居の邪魔にもならないな。血糊は刀につくから、垂れてきて握りが滑ったりと、どうもうまくいかないときがあるものだが」

腕組みをして聞いていた松鶴は、ゆっくりと一つ頷いた。上座の机にまで飛んできた花びらの一枚を手に取る。

「あと腐れのねえ、いい血だ。この芝居にゃ相応しい」

深い雪の中に散る兄弟を、美しく飾るのだ。

「だが、足りねぇな。金魚、狸八。人手を集めて、今の倍作れ」

倍と聞いて息を呑む。

「おめぇら、途中で加減したろう」

見抜かれていたようだ。芝居の途中で指先が籠の底に触れ、ここからというときに、少しの花しか撒けなかったのだ。ちょうど同じ頃に、金魚の方でも花の量が減った。

「倍と言わず、時の許す限り作りましょう」と、金魚は肝の据わった返事をした。いつも金魚がやっている書抜持ちは、本来黒衣の者がやるため、今回は福郎の仕事だ。その分こちらに集中できる。

「それと、箒《ほうき》が要るな」

稽古場の板の間に、山になった花びらを見て松鶴が言った。本番ではこれに雪もまじる。片付けについて道具方と話し合わなければならないようだ。

それからはまた、花びら作りに追われる日々へと戻った。

あちこちから集めた赤い布を、型で抜いて熱したこてで丸める。だんだんと、仕事に区切りのついた裏方たちも加わってくれるようになった。

もう確かな数などとっくにわからなくなっていたが、花びらは八千枚を超えたようだった。もう一万枚でも作ってやろうかと思っていたところで、小屋中の赤い布が終わった。二つの籠もいつの間にか、口までいっぱいになっていた。

喜平太の稽古には、夜しか付き合ってやれなくなっていたが、総ざらいでは見事に馬の前脚を演じていた。後ろの欣五に文字通り背中を預け、軽業師のように両脚を宙へ投げ出した。東両国と亀戸村へ行ったあの日に、喜平太も何か摑んでいたのだ。

そして、芝居が変わったのは虎丸と山瀬も同じだった。虎丸は孔雀の姿をよくよく見つめ、そのしなやかさを少しずつ自分のものにした。出世が早いと言われるだけあって、稲が田の水を吸い上げるかのように、日々成長していく。

山瀬は元々の愛らしさに、堂々とした迫力が備わってきた。珂雪の元を去るときの背中など、見事なものだ。それはまるで、稲荷町の皆に、俺の背中を追って来いと、言っているかのようだった。

それぞれの役者の台詞は稽古を経て少しずつ変わり、衣裳も本番へ向けてより洗練された。初め、金と銀の刺繡は珂雪と六花の袴だけにあったのだが、白の着付の全体にも、同じように施された。春鳴の自信作だ。それにより、兄弟は微かな光を全身に纏ったようになり、足元の白い布はかえって邪魔だろうと、総ざらいで取り除かれた。

何日も二人で布を縫い続けた日々を思い、ため息をついていると、金魚に慰められた。そういうこともありますよ、と。

総ざらいののち、金魚は四ツ谷の茶店へ文《ふみ》を出した。絹を芝居に誘ったらしい。たとえ絹が見目のきれいな役者に弱くとも、今の鳴神座の芝居を見てほしい。そう思ったそうだ。絹が来たら通すようにと、勘定方の許しを得て木戸番に伝えたという。

「お絹さんの席札はあっしが買うと言ったのですが、藤吾《とうご》さんがかまわないと」

「へぇ、勘定方は太っ腹だな」

そう感心すると、二人しかいない作者部屋で、金魚は辺りを見回して声をひそめた。

「役者も皆そうしてるからかまわない、と」

「ははあ、なるほど」

役者たちにもいろいろあるようだ。それもそうだろう。男前があれだけ揃っていて、女たちが放っておくわけがない。

初日の前日、絵師の描いた役者絵が、小屋の外、二階の屋根の上に並べられた。中でも、白と金のきらびやかな衣裳を纏った狐の親子の絵は早くも評判がいい。櫓の上には鳴神座の、三つの雲が巴《ともえ》を描く紋と、「なるかみ十ろうきゃうげんづくし」と書かれた幕が張られた。

普段は小屋の掃除や買い出しを任されている男たちが、廊下の隅で立ち稽古をしている。興行中、男たちは木戸の外につくられた狭い台に立ち、芝居の筋を面白おかしく語って人を呼び込む。木戸芸人と呼ばれる者たちだ。

「さぁさ、生まれた山を出たる兄弟は、やがて人の町へと辿り着く。華やかな町に色めき立てば、二匹揃って腹が鳴る」

「よっ、天ぷらはいらんかね」

相方が合いの手を入れる。

小屋の中はそこかしこから、段取りを確かめる声や、小走りの音が聞こえて落ち着かない。狸八もまた、何をしてもまだ足りないような心持ちで、じりじりと迫る明日を待った。

華の宴が、始まるのだ。

六、華《はな》の宴《えん》

初日の朝は、五人揃って作者部屋の神棚に柏手《かしわで》を打つところから始まる。

「今日で忌《い》まわしい呪いともおさらばよ」

まるで体から追い出すように、ふん、と松鶴は鼻から息を吐いた。

「初日で波に乗せる。おめぇら、頼んだぞ」

「おう！」

気合いの入った声で応え、それぞれに散る。福郎は黒衣の衣裳に着替えるために中二階へ、左馬之助は奈落番に合流するために舞台の袖へと向かう。その後ろを、金魚までもがついていく。

まだ三番叟《さんばそう》が始まる前だというのに、金魚は見物席が気になって仕方がないようだ。ゆうべもあまり眠れなかったという。いつも冷静な金魚といえど、恋には勝てないらしい。

ちょうど大梯子を下りてくる途中の銀之丞が、金魚の後ろ姿を見つけていじわる く笑った。

「こんな朝早くに来るのは相当な芝居好きだけだぜ」

銀之丞は浴衣を緩く着ていた。まだ着替えるには早い。町人の男は娘役より着付けも簡単だ。

「落ち着かないんだろうな」

「出番は六幕だけだろ？　今からあれでもつのか？」

「さあ」と、狸八は苦笑いを浮かべる。

「幕が閉まるたびに見に行きそうだな」

かくして、銀之丞の言う通りになった。三番叟と脇狂言の『与一千金扇的』の間にも、それが終われば『雪中白狐華宴』の一幕の前にも、金魚は舞台の端からひょいと顔を覗かせては、見物席を見回していた。毎度見回すということは、絹の姿を見つけられてはいないのだ。

狸八はといえば、お馴染みとなった西の二階の桟敷の上から、その様子を見下ろしていた。喜平太のことが気になって来たのだが、馬の出るのは二幕だから、少々気が早かったようだ。雪衣の姿では目立つので、着替えはまだだ。

「ああ、金魚がまた来た」と呟くと、丸顔で人のいい窓番の弥彦《やひこ》も、微笑ましそうに眺めた。

「金魚も人の子でしたか」

「そのようですね。でも左馬さんが、恋の一つも知らない男に本は書けないと言ってましたから」

「そりゃあ、この先が楽しみですなぁ」

客の入りはまだ半分程度だ。話の筋は外の木戸芸人を見ればわかるため、わざわざ稲荷町の役者だけで演じる一、二幕を買うのは、丸一日通して芝居を見る金持ちくらいだ。

ざわつく戯場を鎮《しず》めるように拍子木が打たれ、幕が開いていく。

忌まわしい呪いの始まりを、太夫《たゆう》の声が打ち消していく。

今か昔か　諏訪の森に
神の使いか物の怪か
白狐の親子の棲みにけり

孔雀と朱雀よりも体格のいい、虎丸と市之助の兄弟が、舞台に設《しつら》えた秋の山に立っていた。二人とも、手には長い木の枝を持ち、それを刀の代わりにして剣術の稽古に励んでいる。

「やあ！」という互いの声が、戯場の高い天井に響く。

中ざらいのときから、二人の身のこなしは軽かった。だがそこに、しなやかさと柔らかさとが加わっている。虎丸は孔雀の芝居を手本にしつつ、市之助と二人で舞踊の師匠の元へも通ったのだという。腕を伸ばせば、指の先まできれいに揃う。総ざらいでは松鶴からも褒められていた。

できることが増えていく。演じられるものが増えていく。

そのうれしさと誇らしさは、狸八にもわかる。この場所にいることを許され、この場所にいることを求められた証なのだ。

そこへ現れた母狐の八雲が厳しい口調で言う。

「早くお行きなさい。旅立つのです。人の寿命は短いのだから。けしてあの男を、吉弥を、寿命などで死なせてはなりません！　お前たちが、討つのです！」

そうして、真っ白な耳と尾を持つ兄弟は旅立つ。

「母上をこれ以上悲しませるわけにはゆかぬ」

「参りましょう、兄上。我らの手で、父上の無念を晴らしましょうぞ！」

生まれ故郷の山を発ち、二幕目に登場した二人は、村を見つけると木陰で人に化ける。木陰には衣裳方の黒衣がいて、耳と尾を素早く外すのだ。一時とはいえ、憎むべき人間に身をやつすのは屈辱だろう。顔の化粧は狐のままだ。

珂雪《かせつ》は白の着付と青い袴に金糸で雲、六花《りっか》は同じく白の着付と紫の袴に銀糸で雪の花が刺繡された、美しい衣裳で村を訪ねる。仇の息子のふりをして、頰に刀傷のある、吉弥という男を知らないかと尋ねて回る。

「ああ、我らの父は、どこにいるのでござりましょう」

「人探しか。そんなら、町へ行ったらいい」

「町？」

より人の多いところへと、狐の兄弟は向かう。だが、その前に六花が、腹が減ったと言い出した。納屋の脇には、馬が繫がれている。

ああ、ここだ。狸八は祈るような思いで見ていた。手摺《てす》りを握る手に自然と力が入る。喜平太は馬の頭を被り、震えているのではないだろうか。もしそれでしくじったら、二十数年前の二の舞だ。よからぬことばかりが頭を巡る。

馬に近付いた珂雪の手から、金粉が舞う。遠く離れた窓辺からも、その輝きははっきりと見えた。囃子方がしゃらしゃらと鈴の音を奏で、納屋の陰に潜んだ小道具方の黒衣が、金粉をうちわで扇いでいる。

馬がぶるりと首を振った。それから正気を失ったように、頭を激しく回して暴れ始める。

「そぉれ！」と、珂雪が縄を解くと、馬は前脚を大きく持ち上げて嘶《いなな》いた。嘶きは鋭い笛の音だ。

喜平太は落ち着いていた。宙に浮いた脚の動きから、その心持ちまでもが読めた。きちんと笛の音の終わるのを待って脚を下ろす。そのあとは、欣五と歩調を合わせて舞台の上を駆け回った。村人たちが悲鳴を上げて逃げ惑う間に、兄弟は民家の中から食べ物と路銀を盗む。

「兄上、人とは愚かなものでございますね」と、六花が笑う。

悲鳴はまだ止まない。その様子を尻目に、兄弟は軽やかに村をあとにした。

幕が閉じて、狸八は手摺りに寄りかかり、大きく息を吐いた。

「よかった」

それ以外言葉にならなかった。弥彦が窓を開け放って光を入れていく。幕間《まくあい》は席を立つ客がいるため、目一杯明るくするのだ。

「喜平太ですか?」

「ええ」

「喜平太も欣五さんも、うまくなりましたね。ただ、幕引きが今ひとつでした」

欣五が馬役で舞台に立っているため、幕を引いたのは二番手の男だった。

「そこまでは見ていませんでした」

「二幕だったからいいようなものです。まだ荷が重かったですね。馬も欣五さんの方がうまいものだから」

人手不足はどこにでも響くのだ。ましてや幕引きなど、中ざらいと総ざらい、そして本番しか、間合いを合わせる機会がない。

「これからですよ」

「そうですね」と、弥彦は頷く。けして幕引きを責めているわけではないのだ。

「狸八さんも、一年と少しでここまで立派になった」

思わぬ言葉に、頬が緩んだ。

「雨音のときは世話になりました。もちろん、今もですが」

「あれは楽しかった」

「あれで芝居が好きになったようなものです」

しんみりとしている間に、階下では客が増えていく。三幕からは役者の顔ぶれが変わる。皆、贔屓の役者を見に来るのだ。

舞台の端から金魚が顔だけ覗かせて、見物席を一通り見回したかと思うと、またすぐに引っ込んだ。絹の黄色の小袖は、まだ見つからないのだろうか。

「そろそろ行きますね。支度をしないと」

役者たちの着替えの合間に、黒衣や雪衣は着替える。役者で混み合う頃は避けなければいけない。

「ええ。花吹雪、楽しみにしてますよ。ここからもよく見えますから」

大きく頷き、狸八は端へ行って梯子を下りた。一階の桟敷席の裏を、頭を低くして素早く通り抜け、小屋の奥へと戻る。金魚は先に戻ったらしい。

中二階の前に稲荷町へ寄り、自分の荷物を詰めた行李《こうり》の中から、猫の折形《おりがた》を取り出した。松鶴の書き損じで折ったまだらの猫は、眠るように体を丸めている。

鳴神座へ来てから、一度だけ椿屋を見に行ったことがある。これはそのときに折ったものだ。本当は徳次郎に渡したかったのだが、それもできず、以来、本番の御守《おまも》りになっている。懐へ忍ばせて廊下へ出ると、金魚がいた。すでに雪衣姿に着替えており、手には頭巾《ずきん》を持っている。

「おお、金魚。お絹さんは来てたか？」

金魚は口をぎゅっと結び、黒目がちの目を床へと向けていた。落ち着かない様子で頭巾をいじっている。

「どうした？」

「狸八さん」

その口ぶりから、何か迷っているらしいことはすぐにわかった。

「あの、狸八さん」と、もう一度言う。

「ん？」

「西の下の桟敷に、狸八さんに似てない人がいました」

それだけ言うと、金魚は背を向け、駆け出していった。狸八はその音を、ぽかんとしたまま聞いていた。

似てない人。似てない人間なんて山ほどいる。似ていないのが当たり前だ。金魚は何を、と思い、そこで頭の中で何かが弾けるように、繋がった。

徳次郎だ。

徳次郎が来ているのだ。

ぶわっと、全身が粟立《あわだ》った。西の下の桟敷と言った。そこはついさっき裏を通り抜けたところだ。気付かなかった。こちらのことは気付かれただろうか。いや、顔は伏せていた。見られてはいないだろう。だが、これから舞台に上がるというのに。

額の端を流れる汗を、狸八は拳で拭った。

どうしたらいい。いや、どうしたらも何もない。舞台に上がることは、今さら変えられない。花びらを撒く役はほかの者には任せられない。芝居に出るのだ。徳次郎の前で。

足が竦《すく》んだ。

いや、雪衣の格好をして前垂《まえだれ》まで下ろしてしまえば、きっとわからないはずだ。佐吉や右近にだって、誰だかわからなかったのだ。しかし、顔を隠すだけでごまかせるだろうか。なにせあちらは、ともに育った弟だ。

朱雀の心情を見透かす孔雀の顔が浮かぶ。

「ああ、いた。狸八さん」

大梯子の上から顔を覗かせたのは衣裳方の伊織だった。

「手が空いたんで、今のうちに着替えちまいましょう」

はい、と返事をして、固まった足をぎこちなく動かす。梯子を上りながら息を整える。

今は、舞台上に描く絵巻のことだけを考えるのだ。

両手で頬をばしばしと繰り返し叩く。

「狸八さん？　どうしました」

ぎょっとした顔で伊織が振り向いた。

「いや、ちょいと気合いを」

苦笑いではぐらかす。

中二階の楽屋から出てきた山瀬とすれ違う。重ねた着付は内側ほど濃い紅色で、羽織った打掛は朝焼けのような桃色だ。若い娘らしい色合いだ。かんざしで重そうな頭を揺らさぬように気を配っている。

「おお、狸八さん、伊織さん。行ってくるよ」

紅を差した目が微笑む。お気張りなすって、と伊織が頭を下げた。その姿を、山瀬は感慨深そうに見ている。狸八にとっても同じだった。山瀬の晴れ姿が、その瞬間、頭の中から徳次郎を追い出した。

「行ってらっしゃいまし。俺も、山瀬さんの背中を見させてもらいます」

「うん」

付き添いの衣裳方が、裾を持ち上げながら一緒に大梯子を下りていく。山瀬はいつも通りだった。すごいなと、狸八は思う。主役と二人だけで舞台に上がる、その重圧を感じていないはずがないのだが。それでも見せないのが役者というものなのだろう。

衣裳方の茶緑色の暖簾をくぐると、一、二幕の出番を終えた役者たちが衣裳を解いていた。虎丸もいる。お疲れさんです、と声をかけて、伊織の出してくれた雪衣に着替えつつ、ちらりと虎丸たちの方へと目をやる。

白く塗った顔に紅を差して狐を表した化粧は、普段の顔とはまるで違う。それでも体つきや仕草で、虎丸や市之助だとわかる。その人を知る者は、顔で見分けてなどいないのだ。そう思うと、先ほどの不安がぶり返してきた。

「どうした。辻斬り《つじぎ》にでも遭ったような顔してるぞ」と、虎丸が眉をひそめる。

「どんな顔ですか、それは」

「そのまんまだ」

「遭っちゃいません」

「心配ねぇさ。おめぇはしくじらねぇ」

思いがけない励ましに、狸八は目を瞬いた。それが気に入らなかったようで、虎丸は片方の眉を撥ね上げるように歪めた。

「しくじる気があんのか」

「いえ、そういうわけでは」

「しくじっても、金魚がなんとかしてくれらぁ。てめぇよりずっと場数踏んでんだからな」

「ええ、それはもう」

「ならこの話は終わりだ。俺は明日に向けてこれから稽古なんでな」

そう言うと、虎丸は衣裳と耳と尾とを衣裳方に預け、部屋を出ていった。まだ芝居の最中に稽古とは、と不思議に思っていると、こちらも着替え終わった市之助が去り際に教えてくれた。

「どうも気に入らないところがあるようでな。俺も付き合わされるんだ」

「虎丸さんらしいですね」

自分にも他人にも、変わらぬ厳しさを持つ男だ。

「ああ。ありがたいよ。おかげで余計なことを考えずに済む」

手をひらひらと振り、市之助も暖簾を掻き分けていく。その向こう、廊下に銀之丞の姿がちらりと見えた。緩く結った髷の鬘を被り、縞の着物に脚絆《きゃはん》、首には守り袋を提げ、帯には煙草入れを差している。顔はきれいだがやや抜けたところのある、賭場の男、伊勢次郎《いせじろう》だ。

ばったり会った市之助に、お疲れさんと声をかけ、二人で下りていった。

戯場の方からは笑い声が聞こえてくる。白狐の兄弟が、金ぴかの銭を出して宿屋の主人と番頭を騙《だま》そうとしている頃だ。偽物を本物だと言い張って、金ぴかの銭をくすんだ銭に変え、ごまかしながらその場を乗り切る。金ぴかの銭は偽物に見え、くすんだ銭は本物に見える。どちらも偽物だというのに。

伊織が雪衣の衣裳の袖口の、紐をぐいと絞って締めてくれた。片手ではどうにもやりにくいのだ。

「ここにいるといろんな役者を見るけど」と、伊織が言った。

「誰を見ても、涙が出そうになるときがあるんだよ。興行が始まるとね。もちろん、泣いてる暇なんかないんだが」

手渡された頭巾を被り、それを伊織が整える。

「わかります」

「な。俺たちは役者の力にならなきゃいけないんだ」

体中に何か所もある紐の結び目を、芝居の最中に解けないようにと伊織が一つ一つ確かめる。

「よし、できた」

「ありがとうございます」

「行ってきな」

ぽんと背中を叩かれる。

「はい。役者と芝居のために」

一つ頷いて、伊織は笑う。

「お気張りなすって」

「はい！」

隣の小道具方の仕事場には、白く塗った竹籠は一つしかなかった。金魚は先に戯場へ向かったようだ。廊下に出て、誰もいないことを確かめると、狸八はまた頬を叩いた。

役者と芝居のために力を尽くす。

ほかのことはすべて忘れよう。これを着ている限り、雪衣である限り、己は誰からも見えない。たとえ見えていても、いないのと同じなのだ。

息を整え、狸八は大梯子を下りていった。

舞台上では四幕、遊郭の場がもうじき終わろうかというところだった。

この幕の前半、旅籠の場に出た六花役の朱雀と、旅籠の主人役の八郎、番頭役の岩四郎、それに近所のご隠居役の喜代蔵が、舞台袖から孔雀たちの様子を見守っていた。そこへ、五幕に出る役者たちもまじり、狸八はその後ろについた。舞台上の二人の姿はほとんど見えない。ただ、声と囃子だけが聞こえる。

「ああ、呆れた呆れた」

縋る珂雪の手を、常盤が振りほどいて背を向ける場面だ。常盤は布団から立ち上がる。

「ぬしが狐なら、あのおあしは葉っぱかえ？　度胸もない金もない。ならばさっさと帰りなんし。わっちは呆れ果てて言うこともござんせん」

「常盤」

最後に少しだけ、常盤は客に横顔を見せるように振り返る。珂雪がわずかに抱く望みを、その目と言葉とで絶つのだ。

「ええ、おさらば、おさらばえ」

位の高い遊女であれば、別れの足取りも優雅であろうが、常盤はそうではない。町娘のようにさっさと歩いて、皆のいる下手の袖へと戻ってくる。

「よし」と、喜代蔵が山瀬の背をぽんと叩いた。岩四郎や朱雀も続く。山瀬は軽く下を向いたが、顔を伏せたのか頷いたのかはわからなかった。真っ白な鼻のてっぺんから、汗の滴《しずく》が落ちる。目が合った刹那《せつな》、山瀬の唇がわずかに笑ったように見えた。狸八は無言のまま頭を下げる。

行きに付き添っていた衣裳方の男が駆け寄り、手拭いで山瀬の顔の汗を拭うと、それをそのまま手渡して、自分は後ろへ回って裾を持った。

「見ますか」

「ん、少し」

山瀬がそう答えると、衣裳方は裾を持ったまま、山瀬が体の向きを変えるのを手伝う。

舞台には太鼓のドロドロの音が響き、白狐の衣裳を纏った十郎が、白煙とともに奈落の底より現れていた。見物客が沸き、「鳴神屋！」との掛け声が飛んだが、台詞が始まればしんとなる。

「珂雪、珂雪よ」

「父上！」

息子は父の足元に膝をつき、自らの不甲斐なさを詫《わ》びる。

「よい。何も言うな、珂雪よ。お前は心が優しいのだ」

息子の言葉を手で制してそう言うと、暁は体を少しずつ、見物席の方へと向ける。戯場のどこからでもその顔が見えるよう、顎を上げる。その横顔の、なんと雄々しく美しいことだろう。

「子供の頃から、そうであったな……斬り合いも殺生《せっしょう》も、本心では好まぬのであろう」

「父上、それは」

暁は、化粧の施された目を細める。

「諏訪へ、帰るがよい」

「しかし、父上」

「仇討ちなど人の世の習い。我ら一族の、本来の定めではなかろう。珂雪よ、我が息子よ。仇も人の娘も忘れ、諏訪へ帰り、皆と達者に、幸せに暮らせ。それが父の願いである」

そうだ。狐と人とでは定めも生き様も違う。暁は子らに、人とは違う生き方をせよと説いている。

「母と六花を大切に、二人を守ってやってくれ。それだけが、珂雪よ、お前に望むことだ」

微笑むような、包み込むような声音に、聞いている方も涙が滲む。

だが、その涙はすぐに止まる。煙に包まれて奈落へと下がる暁と入れ代わりのように、花道のすっぽんに、母の八雲が現れたのだ。袖にいる者たちは梅之助の姿を見ようと、幕の端へと顔を集める。狸八もそのおこぼれにあずかって、隙間からその姿を覗いた。

真っ白な打掛に、真っ白な狐の耳と尾が、獣でありながら格の高さを感じさせる。髪は漆黒、化粧と襦袢は真紅だ。その姿には非の打ち所がない。小屋の表に掲げてある梅之助の役者絵もこの姿だが、絵など比べ物にならない迫力だ。花道からじわじわと、冷たい風が辺りに広がっていく。

「おっかねぇな」

声はすぐ傍から聞こえた。見上げると右近だった。体の前できつく腕を組んだその姿は、まるで凍えているかのようだった。

「珂雪や、そのような汚らわしい場所で何をしているのです」

その声は銀の鈴か、白刃か。父の言葉に安堵したあとだからこそ、母の厳しさが一層身に迫る。

「母上」

「六花がお前を探しています。早くお行きなさい。六花に任せていてはいけません。お前が仇を討つのです」

花道を舞台の方へと歩きながら、その声は袖の奥まで響いてくる。舞台上の珂雪は唇を震わせている。

「母上」

父の言葉を伝えたところで、母は仇討ちをやめよとはけして言わない。そのことだけはわかっている。珂雪は言葉を絞り出す。

「母上は、我らが仇を討てば幸せにございますか」

間髪入れずに八雲は答える。

「仇のいる世で幸せなどと、いっそばかばかしいことよ」

息子の逃げ道を母が塞いでいく。

「仇を討つことは、母上をお守りすることになりますか」

「そうでなければ討てぬほど、お前は弱い息子なのかえ」

人には人、狐には狐の生き方があるのだと、父は言った。人間と同じ土俵に上がることなどないと。

しかし母は、人と同じく仇を討てと言う。人の土俵に上がって人を討てと言う。

珂雪には、もう何が正しいことなのかわからない。拳をぎゅっと握りしめて頭を低くする。

「兄弟ともに手を取り合い、必ずや、父上の仇を取ってご覧にいれましょう。母上、どうぞ心穏やかに、吉報をお待ちくださいませ」

八雲は袖口から覗く白い指を口元に添え、笑った。真っ赤な唇が、左右に伸びる。すっぽんの上まで戻って来た八雲は、再び笑う。ドロドロの音には、狐の鳴き声に似た小鼓の音が重ねられ、すっぽんがゆっくりと下がっていく。

八雲の姿が見えなくなると、珂雪は顔を上げる。最後に一度だけ、常盤の消えた方を振り返ると、上手の袖へと下がっていった。

幕が閉まると、下手の袖にいた山瀬が一つ頷き、付き添いの衣裳方とともに奥へと戻っていった。頷いたのは、最後の珂雪のまなざしに応えたように思われた。続いて、岩四郎も喉が渇いたと小屋へ向かう。喜代蔵と八郎は道具方のいる舞台を通って上手の袖へ行く。そちらには十郎や長三郎、新五郎もおり、紅谷兄弟を囲んで何やら話しているのが見えた。

舞台上の廓はあっという間に袖から奥の大道具置き場へと運ばれ、代わりに賭場の外観と木立がいくつか運び込まれた。狸八は邪魔にならないよう、奈落へと続く石段の脇に避けていた。この石段は上手の袖にもあり、下で自由に行き来ができるのだ。いつの間にか金魚が傍にいた。ほかの役者たちもいる中で先ほどのことを訊くわけにもいかず、互いに軽く目を見合わせただけで、話すことはしなかった。

「あと少しです。お気をつけて」

石段から声がして、見ると左馬之助が上がってくるところだった。自分は後ろ向きに石段を上がりながら、下に向かって明かりを差し出している。

「年寄りじゃないんだ。この程度で転ばないよ」

左馬之助に続いて袖へ現れたのは、梅之助だった。途端に、暗い袖に光が差したようだった。舞台に近いところで台詞を確かめ合っていた、竜昇と銀之丞まで振り返る。狸八は松鶴の言ったことを思い出す。

若いってのは、それだけで綺麗なもんなのよ。わかるだろう。光るんだ。

その通りだ。光だ。梅之助は鳴神座の光そのものだ。

梅之助の口元がにっと歪んだ。その目の先では、もう一人の光が、佐吉が、片手を上げていた。

「恐れ入るよ」と、佐吉は言った。

「総ざらいでも恐れ入ったが、初日であっさりと超えてくる」

「おだててもなんにもならないよ」

「俺の言ったことは正しかっただろう」

立女形はまだ孔雀には荷が重い、と春先に佐吉は言っていた。そのことだろうか。梅之助は鼻で笑う。

「鳴神座には、俺がいなけりゃ話にならねぇ」

思わず頷きそうになった狸八の頭上を、太い声が通る。

「馬鹿野郎、思い上がるな」

右近だ。見物席まで聞こえないよう、声は抑えているが、眼光は梅之助の顔を貫かんばかりだった。ふん、とそれを躱すように笑って、梅之助は言う。

「礼を言ってほしいくらいだけどね。俺の体がよくなって、あんたもほっとしたろうよ」

「馬鹿も休み休み言え。本番中だぞ」

「そいつは悪かったね。台詞が飛んだらごめんよ」

目を伏せて、梅之助は小屋へ戻ろうと体の向きを変える。その刹那、狸八と目が合った。狸八は思わず怯む。梅之助は左馬之助と衣裳方とを止めると、狸八の目を覗き込むようにじっと見た。吸い込まれそうな目だ。

「もうあんなことにはなりゃしないよ。安心しな」

それが曾我物の一件のことだと気付くまでに間があった。その間に、梅之助は返事も待たずに小屋へと戻ってしまっていた。

「あの野郎、礼を言えと言ったらこれだ」

「十分です」

本心だった。

「治ってよかったです、本当に」

狸八がそう言うと、梅之助の背を睨んだままの目つきで、右近がぎょろりとこちらを見る。

「おめぇらがあんまりおだてるからだぞ」

「おだてているわけでは」

「先生もだ、まったく」

こちらの会話を聞いていた佐吉が、堪えきれないかのようにくっくと笑った。

「いや、梅之助が鳴神座に必要なのはその通りですよ」

涼やかな声には、羨望《せんぼう》も嫉妬もない。佐吉はいつでもありのままを口にする。

「佐吉、おめぇまで何言ってんだ」

「助かっているのは確かです。少し頼りすぎかもしれませんね」

「おいおい、あんまりあいつを調子に乗らせるな」

「父も言ってますよ」

そのやりとりを、狸八は遠くに聞いていた。おかしなことに、徳次郎に見られることへの恐れが吹き飛んでいた。

もうあんなことにはなりゃしないよ。安心しな。

同じ小太郎の名で生まれた、あの人に言われたからだろうか。その言葉は狸八の芯まですっと入り込んだ。それが曾我物のことを指していると気付く前、狸八の頭を過ぎったのは、寒空の下で畑にうずくまり、しなびた大根を齧《かじ》っていたあの夜のことだった。

もう、あんなことにはならない。

鳴神座で一番恐ろしい人の言葉に、狸八は不思議なほど安らぎを感じていた。

道具方たちが、次々と袖に戻ってくる。衣裳方と床山が、役者たちの衣裳と鬘とをもう一度確かめる。竜昇演じる鷹の黒い襟を直し、前髪を上げて挿した櫛や、帯の煙草入れの位置を細かく見る。それらが終わったという合図に、幕引きの欣五が、「もうじきです」と言って幕の裏について端を持った。

拍子木が音高く打ち鳴らされ、客が急いで席に着く気配がする。袖はしんと静まり返っている。己の鼓動が聞こえるほどだ。

「行ってこい」と、佐吉が前方の二人に声をかけた。竜昇と銀之丞が力強く頷き、大道具方が建てた前側半分だけの賭場の後ろに潜む。

幕が開くと、窓からの光が差して、舞台がほんのりと明るくなった。もうじき八つ時だ。

上手寄りの木陰には、朱雀の姿があった。姿勢を低くし、六花は賭場を窺っている。

「似た人相の男がいると聞いてやってきたが、本当にこんなところに吉弥がいるのだろうか」

中ざらいの頃には訝しむばかりだった声音には、気の強さも入り混じる。兄がいないならば、一人でも本懐《ほんかい》を遂げようというのだ。そこへ佐吉が出ていき、賭場の前の床几へどかりと腰を下ろすと、音を聞きつけた鷹と伊勢次郎が、賭場の入口から出てきた。

伊勢次郎を演じる銀之丞の粗野《そや》な歩き方に新鮮味を覚えると同時に、狸八ははらはらとしていた。その伊勢次郎の台詞から、やり取りは始まる。

「おう、吉弥。どこへ行ってたい」

声を低く作っているが、素で喋るときのような軽さもある。いかにも軽薄そうだ。

「小便だ」

「それにしちゃ遅かったね」

鷹が億劫《おっくう》そうに首を傾げながら言う。切り前髪を上げて櫛で止めているが、そこからこぼれている毛束が色っぽい。

「お鷹さんにはわからねぇ、いろいろのことがあるのさ。男にはな」

「ああそうかい。ま、暇だからかまわないけどサ」

けけけ、と伊勢次郎が笑った。

「暇かい」

「ああ、客なら一人も来ねぇサ」

伊勢次郎が大袈裟に腕を組む。動くたびに、はだけた胸に赤い守り袋が揺れる。

「伝蔵さんも困ったことをしてくれたぜ。伝蔵さんが、お客を派手に叩き出したもんだから、みんな寄り付かなくなっちまった」

吉弥は立ち上がり、苦笑しつつ頬の傷に触れる。立ち上がるだけで、客の目が吉弥に集まる。

「客がいなくなったのは、おめぇさんたちが、イカサマをやってることがばれたからだと聞いたが」

「ああ、そうだよ。それで怒った客を伝蔵さんが叩き出して」

「違うよ伊勢次郎」

鷹がそう言って伊勢次郎を睨む。娘役だったときに比べ、鷹からの当たりが強くなっているようだ。

「お前がしくじったから客が怒ったんだろう。それで、お前に摑みかかろうとした連中を、伝蔵さんが追い出してくれたんだ」

「……するってぇと？」

「伊勢次郎がうまくイカサマやってりゃあ、今頃うちは、もっとうまいこと繁盛してたのサ」

伊勢次郎が大袈裟に天を仰ぐと、見物席から笑いが起こった。狸八と金魚も笑う。初日は、見物席のどこかで松鶴が見ているはずだ。全体を見渡すために、正面の席を取る。松鶴は銀之丞の芝居をどう思っただろう。客と一緒に笑っただろうか。

舞台上手からは珂雪が現れ、客の目は、今度はそちらへと集まる。紅谷兄弟が再び揃ったことへの歓声も聞こえる。

「兄上、あの男が父上の仇にございます」

どこか安堵したような六花は、しかしすぐに鋭いまなざしを吉弥へと向けた。逃げ出した己を責めぬ弟に、兄は覚悟を持って応える。

「そうか、あれが仇か」

「なんでもあの賭場で、用心棒をしている様子」

「では、腕は立つのだな」

「なんの、そんなことで怯む我らでもございますまい」

六花の声は、うれしそうにすら聞こえる。父に似た兄と、母に似た弟との性分の違いが、中ざらいの頃よりもはっきりと分かれている。

狸八の前を横切って、右近が下手から、草履を引き摺るようにゆったりとした足取りで出ていく。

「おう、なんだなんだ、三人そろって油売ってやがんな」

「伝蔵さん」

鷹が呼ぶと、伝蔵は目だけで応える。大きな目がぎょろりと動く様は、見物席からでもわかるほどだ。

「そういや吉弥、聞いたぞ」

「おや、なんです」

「おめぇ、ここへ来る前に、狐を斬ったそうじゃねぇか。たいそう大きい、真っ白な化け狐をよ」

ここからは吉弥の昔語りだ。諏訪の山で見かけた子狐たちを眺めていたところ、茂みから親狐が飛び出してきたという一節を語る。

「熊も猪も狐も同じだ。子を守るためなら、獣は人を恐れない。人も同じだがな」

稽古の終盤になって、人も同じだ、という最後の台詞が足された。

「戦わずに済むなら、それがよい。だが、麓に近いところで、栗拾いをしている子供らがいてな。後ろを見ると、狐は白い虎に化けていた。俺は子供らに逃げろと叫んだが、子供らは腰を抜かしていた」

「なるほど、それでか」

「やむを得なかったのだ」

珂雪と六花が泣いている。父は自分たちを守るために吉弥を襲い、吉弥は子供らを守るために父狐を斬った。

それは到底、不運の一言では片付けられない。

「おのれぇぇ！」

悲痛な怒りの声が、戯場にこだました。六花の心からの叫びだ。それを珂雪が、抱きしめるようにして押さえつける。

「今はよせ！　四人相手ではあまりにも不利だ」

「ですが兄上！　仇に憐れまれるなど、この上ない屈辱にござりまする！」

「わかっている」

珂雪は、吉弥が一人になったところを確実に討ち取ろうと、弟を説き伏せる。

すると二人の上だけに、はらはらと雪が降ってきた。梁の上に隠れた大道具方の亀吉が、紙の雪を降らせている。

「おや」と、珂雪が見上げる。

「雪だ」

「父上の涙かもしれませぬ、兄上」

諏訪へ帰れと、人とは違う生き方をせよと言った父の涙か。狸八は胸が締め付けられるようだった。六花は父の思いを知らないのだ。珂雪には、涙のわけもわかるだろう。

珂雪と六花が上手の袖へと戻っていくと、雪は舞台全体に降り始める。赤い花びらだけでなく、松鶴は雪も山ほど拵えるようにと、小道具方に注文を出していた。そのほとんどは、最後の六幕で使われる。

鷹が舞台の真ん中まで進み出て、空を見上げて手を差し出した。

「やだよ、降るかねぇ」

「積もると厄介だな」と、伝蔵が応える。

「エエ、ますますお客が来なくなっちまうね。伊勢次郎、外に出してあるもん片付けな。吉弥はそれを中に入れて」

「はいよ。お鷹さんは人遣いが荒《あれ》ぇや」

伊勢次郎は億劫そうに、吉弥は笑いながら、床几やら箒やらを土間にしまっていく中で、軽妙な三味線の音色とともに幕が閉じられていった。

さあ、いよいよだ。幕が閉じると同時に、道具方たちがひそやかに動き出す。床に積もったわずかな雪を掃いて集め、賭場を引っ込めると、木立を増やしてひとけのない道をつくる。背景の幕は灰色に変わる。梁に梯子をかけ、大きな籠を背負った小道具方の鶴吉が上っていく。目の細かい籠の中には、紙吹雪が目一杯に詰まっている。

狸八と金魚は小道具方を手伝い、あちこちの切り出しに綿を載せた。芝居の最中に綿が落ちては、客の目がそちらへ行ってしまうので、枝の上の雪など落ちそうなものは、しっかりと引っかけて留める。

幕を通して、見物席のざわめきがわずかに聞こえる。また客が増えたようだ。

屋根にも木々にも、道端の岩にも雪を積もらせて、舞台の上はまるで冬だ。

「そろそろいいか」と、源治郎が抑えた声で、しかし皆に届くように言う。雷三と文四郎が小道具方の面々の仕事を確かめ、最後に梁に登った者にも尋ねる。

「ああ、こっちはよさそうだ」

「よし、みんな引き上げろ」

おう、と声を揃え、道具方は上手と下手とに分かれていく。金魚も白い籠を抱える。

「いよいよですね」

「ああ」

「では、また舞台の上で」

白い前垂を下ろして、上手へと駆けていく。また舞台の上で、とはいい挨拶だ。狸八も袖で籠を抱え、前垂を下ろす。全身を白に包まれて、狸八は雪景色の一部となる。

「よろしく頼むぞ」と、佐吉が言う。首には黒い襟巻を巻いている。

「俺も死ぬのだ。美しく散らせてくれ」

舞台で斃《たお》れるのは兄弟だけだが、吉弥もその場を離れてから命を落とす。それがわかるように、血を、おびただしい血を降らせるのだ。

「はい」

早く始めろと客の声がする。欣五が上手と下手とに、それぞれ合図を出した。拍子木が打たれる。今日一番の、澄んだ音だ。チョンチョンと、高く響く。音もなく、滑るように欣五が幕を開け、それに合わせて太夫が語る。

降りしきること一昼夜
夜が明ければ広がるは
鳴く鳥もない　銀世界
それは父の懐か
はたまた母の懐か

舞台の袖には、出番を終えた役者たちが続々と集まっていた。着替えた者も、化粧を落とした者もいるが、序盤に出番を終えたはずの虎丸と市之助は、まだ狐の化粧のままだった。あれからずっと稽古をしていたのだろうか。

白銀の舞台の中央には、狐の本性を現した珂雪と六花が立っている。真っ白な耳とふさふさの長い尾も、身に纏った着付も、一点の曇りもない純白だ。そこに二人の青と紫の袴と、豪勢な金銀の刺繍、腰に差した刀の鞘が輝きを添える。あの二人も、やはり光だと狸八は思う。

三味線の繊細な音色に合わせて、二人は踊る。懐から金の扇を出し、尾を揺らして優雅に舞う。総ざらい近くになって足された振り付けだ。踊りに合わせ、雪が早くも降り始める。松鶴は、この芝居をより絵巻に近付けようとしている。

佐吉が一つ息をついた。目をすっと細める。その目はすでに狐の兄弟を見ていた。縞の着物に灰の袴を纏い、寒そうに両袖に互いに腕を突っ込んで、舞台へと出ていく。いよいよだ。

音は止み、踊るのをやめて待ち構えていた兄弟は、父の仇と対峙する。

「待てェェいィ！」

「止まれ、そこの者！」

吉弥は兄弟が何者なのか、すぐに気付いたことだろう。狐の姿に驚きもせず、組んだ腕を解く。珂雪が叫ぶ。

「汝は！　流星傷の吉弥よな！　我らが父を討ちし大悪人！　ここで逢うたが優曇華の、花を待ちたる今日の対面！」

腹の底から吐き出す声は、自らの恐怖を吹き飛ばすためのようにも聞こえた。

六花が刀を抜いて叫ぶ。

「親の仇だ、いざ、尋常に、勝負！」

「勝負！」

珂雪も刀を抜いて構える。吉弥は言い訳など一つもしない。ただ、狐の子の怒りを受け止めようと自らも刀を抜く。獣の親と人の親とが同じことを思うように、狐の子も人の子もまた、思うことは同じだ。

六花が飛びかかり、斬り合いが始まる。刀のぶつかり合うその速さを、囃子方は三味線を激しく掻き鳴らして表す。狐の兄弟が刃を躱したときには、鼓がぽんと高く、軽やかに鳴る。

雪は音もなく強くなっていく。端から端まで、見事な雪だ。その雪に紛れるように、狸八と金魚は舞台へと滑るように飛び出した。

ああ、真っ白だ。もう三人しか目に入らない。

深く、吉弥の懐まで踏み込もうとした六花が斬られる。六花はぎゃっと悲鳴を上げたが、その場でくるりと踊るように回った。尾が体に巻き付く。稽古ではなかった動きだ。斬られるのに合わせて金魚が放った真紅の花びらが、六花の起こした風に乗り、雪と混じって渦を巻いた。

珂雪が弟を背に庇って刀を振るう。踏み込んだ足元から、振り下ろした刀の先から、雪が舞い上がる。それとともに狸八の手から放られた吉弥の血飛沫も、ひらひらと辺りを舞う。

時が止まったかのようだ。雪の量はさらに増して、見物席からは背景の木立もよく見えないだろう。

赤と白、それに吉弥の衣裳の黒。舞台にはその色しかない。あとは光があるだけだ。内側から光と熱とを放つ、若い三人の役者がいるだけだ。

斬られるときには三味線が鳴っても、花が舞うときには余韻が残っているだけだ。立ち回りは素早いのに、時の流れは遅く感じる。狸八は己がこの世ではない、どこか不思議な世界に迷い込んだかのような気がした。

絵巻だ。光る絵巻だ。

舞え。踊れ。そんな声が聞こえた気がした。

再び前に出て斬り合っていた六花の首に、吉弥の刃が触れる。今度こそ、六花の最期が近付く。金魚は両手で花びらをひとかたまりにして放り投げ、その中へ六花が倒れ込む。床に積もった雪がまた舞い上がる。

「六花！」

吉弥と斬り結びながら、珂雪は背後の六花に向かって叫ぶが、弟は答えない。

珂雪は吉弥を弾き飛ばすように、その腕を斬る。鮮やかに噴き出した血は、雪と一緒になって下りてくる。吉弥が一旦退いたのを見て、珂雪は六花に駆け寄った。

「六花、六花」

泣きそうな声で、動かぬ弟をゆする。人の習いに身を投じた子狐の上には、真紅の花びらが、雪とともに降り積もっていく。

「おのれェェ！」

痛いほどの叫びに込められた憎しみは、どこへ向かっているのだろう。吉弥か、母か、それとも母に逆らえなかった己自身へだろうか。

降りしきる雪は父と同じ色をしながら、母にも己にも似ているのだ。

珂雪は再び吉弥に斬りかかると、左肩から袈裟懸けに斬り下ろした。狸八は両手いっぱいに固く握りしめた花びらを放る。弾けるように赤が散る。吉弥も生きてはいられないのだと、見る者に知らせる。

吉弥が力を振り絞った最後の一太刀が、珂雪の胸を斬る。自身の体にも雪を降り積もらせ、構えていた金魚が両手で花びらを放った。狸八も続く。血は、狸八と金魚の上にも降りかかる。狐と人の血を浴びる。

珂雪とは、汚れのない純白の雪のことだ。六花とは、降る雪の一片の中にある花のことだ。

純白の雪はいつしか汚れ、雪の花は儚《はかな》く溶けていく。それは初めから、定められていたことだったのかもしれない。

辺りには赤い花びらの海ができていた。雪は降り続ける。軽い紙の雪は、珂雪と吉弥が動けばひらりと離れていくが、動かない六花の上には厚く積もっていく。六花の命はもう尽きたのだ。雪は解けない。

三味線の音色が変わり、珂雪が膝をつく。今度は低い位置から、珂雪の背後で金魚が花びらを撒く。流れる血が止まらないのだ。

「おのれ、人間め」

そう呻くが、珂雪にはもう、立ち上がる力はない。吉弥はそれを無言で見下ろしているが、刀を持つ手はだらりと垂れ下がり、もう一方の手は腹を押さえている。流れ出る血を、狸八も添える。足元には、草履が埋もれるほどの花が積もっている。

「すまんな、どうか来世では人なんぞに出会うことなく、山で穏やかに暮らすといい」

図らずも、それは二人の父、暁と同じ願いだった。

吉弥はふらつきながらゆっくりと去っていく。足を上げる力もなく、引き摺る足が、雪と花とをまた舞い上げる。肩にも背にも、赤い花の一片がある。

吉弥が去ると、舞台がわずかに暗くなった。東の窓番が、窓を全て閉めたのだ。

珂雪が六花の元へ這っていき、折り重なって倒れた。ゆっくりと、珂雪が目を閉じる。最後の花びらが、二人の周りにはらはらと散る。狸八と金魚は速《すみ》やかに去り、舞台には二人だけになった。兄弟二人だけだ。

珂雪は悔いているだろうか。

西の窓から差し込んだ光がまっすぐに、折り重なる兄弟を照らす。その光の中を、三味線が悲しみの音色を奏でている。雪の勢いは弱まり、あと少しで止もうというところだった。太夫の声が戯場に響く。

頬に触れるは純白の
氷の如き雪の花

西の窓が遠い方から一つずつ閉まると、最後には真っ暗になった。ほの白い雪明かりだけになった戯場には、いくつものすすり泣きの声が聞こえた。雪が止む。

ああ、兄弟の命は本当に尽きてしまったのだ。

眠りて待たむ　春ぞ遠しき

三味線の音色は徐々に遅くなり、そして最後に一音、後を引くように奏でられ、暗闇の中、幕は閉じられた。

拍子木の音に、誰もが詰めていた息を吐いた。見物席とて同じだ。いつもより長く間を取ってから、順に窓が開けられ、少しずつざわめきが戻ってくる。言葉を失う結末に呆然《ぼうぜん》としていた客たちが、我に返り、涙する。周囲の客と言葉を交わし、そしてまた涙を流す。すぐに席を立つ者は少なかった。いつまでも、客は兄弟を讃《たた》え、芝居を讃えていた。

幕の内側でもまた、皆言葉が少なかった。

孔雀と朱雀は起き上がったものの、しばらくは雪と血だまりの中に座り込んだままだった。裏方たちがそれを遠巻きに見守っている。

「ごめんよ、兄さん」

雪と花びらに腰から下を埋めたままで、朱雀が言った。

「俺、立ち回りを間違えた」

「間違えたのか？」

孔雀が問い返す。最初に吉弥に斬られて倒れるはずだった場面で、朱雀は斬られたものの、踊るように身を躱した。予定にない動きだった。

いや、と朱雀は天井の梁を見上げる。亀吉たちはもう下へと下りてきていたが、梁に残った二、三枚の雪が、ふとしたときに舞い落ちてくる。

「きれいで、楽しくなっちゃって」

「ああ、うん。わかるよ。六花もきっとそうだろう」

あのとき、舞台には三人しかいなかった。狸八のように、いても見えない者は何人かいたけれど、三人だけの上に降る雪も血も、皆美しかった。

佐吉が、花びらを払い落としながら舞台へと歩み出る。

「朱、着替えて風呂に入ったら、立ち回りを合わせるぞ。あの動きを足そう」

「え、でも佐吉さん」

「先生なら、ご満悦だ」

佐吉はくいと背後を指した。その指の示す方へと、狸八は振り向く。いつの間にか、下手の袖に松鶴の姿があった。松鶴は舞台へ出ると、そこにいる一人一人の顔を見回した。

「皆、ご苦労。いい出来だった。初日にしちゃあな。礼はまだ言わねぇ。呪いが解けるのは、千穐楽が終わってからだ」

そう言って、ぱんぱんと手を叩く。

「ほれ、働け」

裏方たちが動き出し、佐吉が言う。

「役者が引っ込まねば片付けができないからな。行くぞ」

返事をして、紅谷家の兄弟は揃って笑った。道具方から渡された箒を持ち、狸八は再び舞台に出る。上手から、同様に金魚も出てきた。もう少し余韻に浸っていたいのが本音だが、先に床を片付けなければ何も動かせない。もちろん二人だけでは足りないから、手の空いている裏方が総出で掃き集める。

雪と花びらのまじったのを掃いて集め、目の粗い笊《ざる》を使ってふるい分ける。明日また使えるようにするまでが一苦労だ。

「狸八さん」と金魚に呼ばれて顔を上げる。

「これ、上げないままでは見えづらくないですか？」

金魚は、頭の上にめくった己の前垂を指して言った。

「ああ、いいや」

狸八は笊をわざと激しく振る。

「こっちの方が、まだ雪の中にいるみたいでさ」

まだもう少し、芝居の中にいたかった。こうしていれば、あの三人と一緒に、今も絵巻の中にいられるような気がしていたのだ。金魚は、それもそうですね、とだけ言った。

床を掃き終わると、大道具方の邪魔になりそうなので急ぎ退散する。袖にはもう裏方しかいなかった。役者たちはそれぞれの楽屋に戻っているのだろう。

「あっしらは、もう一度雪と花がまじっていないか確かめましょう。血に雪がまじっているのはともかく、雪に血がまじっていると目立ちます」

「そうだな」

金魚は先に立ってずんずんと歩いて行ってしまうが、狸八は袖から大道具置き場へとつながる廊下のところで足を止めた。ずっと屈《かが》んで床を掃いていたものだから腰が痛い。白く塗った籠を置いて体を伸ばす。腰を反らして、ついでに衣裳の前を少しはだけて風を入れた。ようやく一息つける。

「あの、落としましたよ」

振り向いて、狸八は目を見開いた。

徳次郎。

品の良い細い縞の着物に黒の羽織、顔には不釣り合いなほど大きな眼鏡を掛けている。その奥の目が愛想よく微笑んで、手を差し出している。狸八は顔を隠そうとして、はたと気付いた。前垂を下ろしたままだ。徳次郎からは顔が見えていないのだ。

徳次郎の手の平には、まだらの猫の折形が載っていた。

「あ、ああ、これはどうも、ご親切に」

そう言って受け取ると、徳次郎の微笑むような細い目が、わずかに見開かれたような気がした。だが、それも一瞬のことだった。着ているものに染みついた、油の匂いが漂う。甘い匂いだ。

「これによく似たものを、子供の頃、兄に折ってもらったことがあります」

懐かしそうに、そんなことを言う。

「兄上に、ですか」

「ええ。手先の器用な兄で、折形の本にないものも、自分で考えて折ってしまうのです」

なんと答えていいかわからなかった。その兄は自分だと、名乗り出るのも違うのだろう。

「いい芝居を見せていただきました。得意先の旦那さんと参りまして、その方の贔屓は十郎さんでしたので、どうかと思いましたが、満足していただけたようです」

「それは何よりです」

なるべく小さな声で応える。

「あなたは、不思議な方ですね」と、徳次郎はしみじみと言う。

「芝居の最中はたしかにいなかったのに、芝居が終われば、こうして私の前に現れて」

そのとき、小屋へとつながる廊下を、金魚が駆けてきた。

「狸八さん！　何してるんです！　はや……」

早く、と言いかけて、金魚は続く言葉を飲み込む。徳次郎に気付いて、その場に立ち尽くす。

「りはちさん、とおっしゃる」

徳次郎が尋ねる。

「畠中狸八と申します。狸に八と書いて、狸八と」

「そうですか」

徳次郎は何度も頷いた。

「私は、麴町で油屋をやっております、椿屋仁右衛門《つばきやじんえもん》と申します」

名乗る名が変わった。四代目を継いだのだ。

徳次郎は椿屋仁右衛門としての人生を、この先も生きるのだ。

前垂越しに見る徳次郎の目は、穏やかだった。四代目を背負うことを強《し》いたのは、出来の悪い兄だ。そのことを恨んではいないのだろうか。

進む道に悔いはないのだろうか。

「ねぇ、狸八さん」と、徳次郎が呼ぶ。口調がまるで旦那衆のようだ。

「狸八さん、今日こうしてお会いできたのも何かの縁だ。猫の折形が繋いでくれた縁だ。油屋と芝居小屋、まるで違う道ですけれど、精進し、互いの道を歩んでまいりましょう」

ああ、徳次郎はもう、何もかもわかっているのだ。目の前のおかしな名前の男の正体も、その男の新たな生きる場所も。

互いの道で精進していれば、いつか、道の交わることもあるでしょうか。

そう尋ねようとして、狸八はやめた。

それだけ答えて頭を下げると、狸八は籠を抱えて徳次郎に背を向けた。徳次郎も反対の方向へと歩き出す。翻る羽織から、忘れ得ぬ匂いがする。見物席の方から、誰かが「旦那さん」と呼んだ。

「待たせて悪かったな、金魚」

金魚の目は心配そうに、いいのかと尋ねてくる。

「行こう。早く明日の支度をしねぇとな」

笑って見せると、金魚は安堵したように微笑んだ。

「ええ。銀之丞さんも手伝ってくれるそうですよ。衣裳も鬘も軽いからか、まだ元気が有り余っているようで」

「そりゃあいい。そうだ、お絹さんはいたのか？」

金魚は首を横に振るが、気落ちした様子はなかった。

「まだ初日ですからね」

「そうさ。まだわからん」

徳次郎との縁は切れてはいなかった。見えなくなっていただけだ。縁があれば、きっとまた、会えるのだ。

「はい」

鳴神座の大梯子を上れば、賑やかな声が出迎える。

「おお、狸八、早く来いよ」

銀之丞だ。まだ化粧を落としきれていない顔で、畳の上に山になった紙吹雪を指す。あちこちに、赤い色が覗いている。

「こいつは結構骨が折れるぜ」

「笊じゃだめだったか」

「目が粗《あら》すぎたんだな。ま、みんなでやればすぐ終わるさ」

小道具方も総出だ。狐の兄弟の衣裳や持ち物に携わる者のほかは、皆集まっている。

廊下を挟んだ向かいの楽屋から孔雀と朱雀が出てきて、二階の稽古場へと向かっていった。そのあとを追いかけるように、下からは松鶴が福郎を連れて上がってくると、暖簾越しに顔を見せる。

「おう、おめぇら、今日はよかったぞ」

はい、と皆、背筋を伸ばして応える。

「とはいえ、今日は今日、明日は明日だ。明日もこの調子で頼むぞ。それ、ちゃんとやれよ。天井から血が降ってきたら承知しねぇからな」

そう言うと、さっさと二階へと上がっていく。雪の山の周りに集まった者たちは顔を見合わせた。

「やれやれ、先生が雪まで倍に増やせと言うからこの有り様だってのに」

「俺らの手間は気にしてねぇようだな。相変わらずだ」

「困ったもんだぜ。なぁ」

最後に文四郎に話を振られ、狸八は苦笑した。

「はい、困ったもんです」

「お、先生の悪口が言えりゃおめぇもいっぱしだな」

「もう、悪口はやめてください」

むすっとした顔をしつつ、金魚はすでに雪にまじった花びらを何枚か取り除いている。相変わらず仕事が早い。

「さて、いっちょやりますか！」と、銀之丞が音頭《おんど》を取る。

「おう！」と答えて取り掛かる。

誰かのくしゃみに雪が舞って、文句と笑い声とが入り混じる。

この輪の中に自分がいることに、狸八は感慨めいたものを感じていた。松鶴に拾われてやってきた翌日、ここがおめぇの家になると、そう言って笑った銀之丞の顔を思い出す。

そうだ、ここが狸八の家だ。この世で一番楽しい場所だ。この場所で、いつかまた徳次郎に会えたらいい。今度は胸を張って、笑って名乗れたらいい。

そう願って、狸八は紙吹雪の中に赤い花びらを探す。

積み重ねた日々の向こう、明日もまた、鳴神座の幕は開く。

華ふぶき　鳴神黒衣後見録

一〇〇字書評

切り取り線

購買動機（新聞、雑誌名を記入するか、あるいは○をつけてください）	
□（　　　　　　　　　　　　）の広告を見て	
□（　　　　　　　　　　　　）の書評を見て	
□ 知人のすすめで	□ タイトルに惹かれて
□ カバーが良かったから	□ 内容が面白そうだから
□ 好きな作家だから	□ 好きな分野の本だから

・最近、最も感銘を受けた作品名をお書き下さい

・あなたのお好きな作家名をお書き下さい

・その他、ご要望がありましたらお書き下さい

住所	〒				
氏名		職業		年齢	
Eメール	※携帯には配信できません	新刊情報等のメール配信を 希望する・しない			

この本の感想を、編集部までお寄せいただけたらありがたく存じます。今後の企画の参考にさせていただきます。Eメールでも結構です。

いただいた「一〇〇字書評」は、新聞・雑誌等に紹介させていただくことがあります。その場合はお礼として特製図書カードを差し上げます。

前ページの原稿用紙に書評をお書きの上、切り取り、左記までお送り下さい。宛先の住所は不要です。

なお、ご記入いただいたお名前、ご住所等は、書評紹介の事前了解、謝礼のお届けのためだけに利用し、そのほかの目的のために利用することはありません。

〒一〇一－八七〇一
祥伝社文庫編集長　清水寿明
電話　〇三（三二六五）二〇八〇

祥伝社ホームページの「ブックレビュー」からも、書き込めます。
www.shodensha.co.jp/bookreview

祥伝社文庫

華《はな》ふぶき　鳴神黒衣後見録《なるかみくろごこうけんろく》

令和 6 年 12 月 20 日　初版第 1 刷発行

著　者　佐倉《さくら》ユミ
発行者　辻　浩明
発行所　祥伝社《しょうでんしゃ》
東京都千代田区神田神保町 3-3
〒 101-8701
電話　03（3265）2081（販売）
電話　03（3265）2080（編集）
電話　03（3265）3622（製作）
www.shodensha.co.jp
印刷所　萩原印刷
製本所　ナショナル製本
カバーフォーマットデザイン　中原達治

Printed in Japan ©2024, Yumi Sakura　ISBN978-4-396-35093-2 C0193

祥伝社文庫　今月の新刊

藤崎　翔
お梅は次こそ呪《のろ》いたい

増強された呪術の力で、今度こそ現代人たちを呪い殺す……つもりが、またしても幸せにしてしまう⁉『お梅は呪いたい』待望の続編！

原　宏一
佳代のキッチン　ラストツアー

恩ある食堂が、閉店するという。佳代はキッチンワゴンに飛び乗り、一路函館へ。累計14万部の人気シリーズ、集大成の旅！

佐倉ユミ
華ふぶき　鳴神黒衣後見録《なるかみくろごこうけんろく》

若き役者と裏方たちは「因縁の芝居」を成功させるため、命を懸けて稽古する。芝居への熱き想いが心を揺さぶる好評シリーズ第三弾！

南　英男
番犬稼業　罠道《わなみち》

たった一人の親友の死。浮上する恐るべき真相！〝番犬〟が牙を剝く！ボディガード鳴海の活躍が初めて一冊になったスペシャル版！